我就是那个笨小孩

包利民 著

北方联合出版传媒(集团)股份有限公司
万卷出版有限责任公司

Ⓒ 包利民　2023

图书在版编目（CIP）数据

我就是那个笨小孩 / 包利民著. —沈阳：万卷出版有限责任公司，2023.6（2023.12重印）

ISBN 978-7-5470-6240-1

Ⅰ.①我… Ⅱ.①包… Ⅲ.①散文集－中国－当代 Ⅳ.①I267

中国国家版本馆CIP数据核字（2023）第057827号

出 品 人：王维良
出版发行：北方联合出版传媒（集团）股份有限公司
　　　　　万卷出版有限责任公司
　　　　　（地址：沈阳市和平区十一纬路29号　邮编：110003）
印 刷 者：辽宁新华印务有限公司
经 销 者：全国新华书店
幅面尺寸：145mm×210mm
字　　数：200千字
印　　张：8
出版时间：2023年6月第1版
印刷时间：2023年12月第2次印刷
责任编辑：胡　利
责任校对：张　莹
封面设计：仙　境
版式设计：徐春迎
ISBN 978-7-5470-6240-1
定　　价：38.00元
联系电话：024-23284090
传　　真：024-23284448

目录

第一辑　风曾告诉我它去过的地方

第二辑　故　地

第三辑　前行的足音是春天的心跳

第四辑　从一朵花跑向另一朵花

第五辑　草帽挂在墙上

第一辑
风曾告诉我
它去过的地方

　　一年一年，光阴剪落了满地的花影和心事，只待月光来拾取，只待回忆来拾取。

我心素已闲

夜深无眠。推了枕，瞥见帘缝间挤进一缕月光，想象外面是怎样敞亮的月亮地。走出门，农历七月的月带着小小的缺口，银辉从缺口里倾泻而下，流淌过层层叠叠的山、层层叠叠的树，蓄积在小小的庭院里。斑斑驳驳的东墙上，攒攒簇簇地挤着层层叠叠的花影，热闹中透着静谧。

想起一个很远很远的午后，还是小小少年的我，站在村口的大坝边缘上，那条细细的河便流淌进眼中，融着秋日的阳光，泛起朵朵涟漪。西边来的风，被大坝上年轻而颀长的杨树林梳理得细细密密，每一缕都擦过一根发丝，带着庄稼地里淡淡的尘香。而此刻，三十多年前的那个地方，风与河依旧，月也依旧，可是曾被阳光系着的十四岁的影子，却早就散了。

岁月久了，那些往复的足迹便都拥挤在某个角落里，就像许多地方不曾去过。房后剥落了水泥的台阶上，苔痕在冷清中热热闹闹地爬着，躲避着阳光，如我的一些心情，在寂寥中热烈着。

那样的午后总恍惚成阳光下的一个梦。每一家的木门铁门吱扭吱扭响个不停，伴着长长的呵欠声和笑语。有人在院子里压手压井，水声断断续续，湿润着阳光。不知谁家的母鸡刚生了蛋，正站在墙头上欢呼。门前的土路上脚步声杂沓，有去田地里干活儿之人的，有牛马羊的，也有领着黑狗奔跑的孩子的。

我坐在窗前，捧着厚厚的《西游记》，总是留意路过的哪朵云上会站着神仙。母亲在院子里栽种下的那些花草，我只认得串红，它们已被阳光点燃，无声而热情。那只大大的花蝴蝶，只扇了两下翅膀，便从花间翩然于墙外。于是院子里只剩下沉默的花草和游走的目光，伴着晾衣绳上随风翻舞的衣裳。

"日长似岁闲方觉，事大如天醉亦休"，许多年以后，我的心依然种在日长似岁的年代，生长出穿越光阴的眷恋。常去朋友家里，我们两人对着一扇北窗，边喝酒边高谈阔论。窗外的菜园渐远渐高，再远处是长长的松，后面就是一道岭。不时有风慌乱地从山顶扑落下来，撞得菜蔬摇摇晃晃，然后穿窗而入，杯中的酒便微微荡漾。

我和这个朋友也曾在山间水畔饮过酒，细瘦的小桥，清清的流水，长长的风里，鸟鸣声轻轻地坠落在杯中，不远处的山上，一些树花开得正盛，于是"两人对酌山花开，一杯一杯复一杯"。美好的红尘一隅，有山水挚友，有酒，微醺中便觉心底尘埃顿去，没有什么事能纷扰生命的悠然与怡然。

无数个露与月相约的秋夜，我在落叶与风的呢喃里，聆听墙脚一只蟋蟀不倦的琴声。虽然身处天涯，却没有漂泊之感，亦没有凄凉之慨。也许在童年、少年以及成长中，我便习惯了在那些细微之中去寻找一种乐趣，所以影响了一生的心境。并不是什么寄情山水，也不是什么野鹤闲云，更不觉得是什么境界，其实就是一种热爱，或者一种习惯。

日子如房后台阶上曾经的那些青苔，前一刻还空空旷旷，转眼就拥拥挤挤扰扰攘攘，覆盖了许多足音与心情。想来这迅捷的半生，多少事半随流水，多少人半入尘埃。虽然觉得并没有辜负，可依然会感慨，有多少情怀零落成泥碾作尘，又有多少坚持暗随流水到天涯啊！

如今我真的在这天涯一般地方，于二十几年中折叠了太多的际遇。不变的，只有满壁的书香和这夏末的花。我像当年那个倚窗捧读《西游记》的小小少年一样，清澈的眼多情了流光淡淡，柔软的心温暖了岁月长长。当前半生变成回首的刹那，当我与时光深处的那个小小少年相视一笑，便觉得山河岁月旖旎情深。

一年一年，光阴剪落了满地的花影和心事，只待月光来拾取，只待回忆来拾取。

送行淡月微云

　　我们一家人都穿得厚厚的，天微微放亮，无声无息的风带着尖锐的冷意时常钻进眼睛里。我们都不说话，低头往前走，只有脚下的雪不沉默，村庄里还残留着过年的氛围，几户人家院子里高高的红灯笼还亮着。到了村口的高坡上，父亲停下来，回头看我们，我们也看着他。

　　父亲笑了一声，背起那个大旅行包，大步向村外走去。他要步行十八里路，去镇上坐火车。我的眼中有泪，却不是因为溜进去了冷风。抬头，一片薄薄的月印在天上，也有云，却轻淡如风里稀散的炊烟。父亲的背影把我们的目光越牵越长，我们依然沉默，伤感于团聚日子的迅疾。我不知道那样的时刻，父亲是怎样的心情，能不能感受到排在背上的濡湿的目光。

　　在清晨送别，那种离情便和新的一天一同开始，和太阳的脚步一同启程的，还有心底的思念。云和月，不管多少里的相随，都是来自故地的情思。

我离开故乡的小城时，也是一个清晨，母亲送我到门口，父亲在房里没有出来，一直坐在那儿吸烟。我能感受到母亲的目光，还有目光里流淌的不舍。夏天行将逝去，连同我在家乡的光阴。我一路穿过几条冷清的街道，走向城外的火车站，感受到了秋的凉意。看到天上淡淡的月，还有几片浅浅的云，心底那种漂泊之感愈发浓重，我知道，当我踏出这个小城，便开始了无依无着的岁月。

从此，每在清晨看到淡月微云，都会记起曾经的那次离别，心里依然缠绕着母亲的目光和自己空空的足音。

相比于清晨的送别，黄昏的送别就多了几分凄清，特别是秋日的黄昏。许是山间水畔总有西风芦苇，再加上斜阳涂抹衰草连天，那样的情境与心底的离愁相互洇染，自然天地间满是骊歌。

很多年前的那个秋天，年轻的我去那个偏远的山村，当了一个月的代课老师，虽然是那么短的时光，却让我失落烦躁的心平复如岭树山云，并葱茏着许多的希望。离开的时候，也是将近傍晚，山里的黄昏来得早，那群孩子送我，要翻过前面那座山到达公路，才有通往县城的车。孩子们陪我上山下山，穿林过桥，转过一个弯，便遇见天上那弯月。而远山正吞没着夕阳，丝丝缕缕的云变换着颜色，在孩子们眼中写下生动的影子。

我回头看那群上山的小小身影，他们也不停地回头看我，我们距离越来越远，最后在我们中间不但隔着重山叠水，还隔着那么悠长的岁月。即使近三十年过去，他们眼中的月光云影，依然是我生命中永远的暖。

而有一种送别，却是那么疼痛，疼痛中也带着一丝欣慰。那是我带着父亲的骨灰，驾车回老家的祖坟入土为安。启程的时候，天还未明，山回路转间，我能看见若隐若现的月。天渐渐地亮了，就像车从黑夜驶出来，我在心底不停地念着："爸，三年了，我今天送你回家！"一路上，喜鹊一群又一群地飞，出了山口，大平原扑面而来，心底涌动着亲切而熟悉的感受，我仿佛也感受到了父亲的欣慰。

离开墓地的时候，清晨还未散去，月不见了，云却悠悠而来。走在田间细细的路上，我知道父亲在看着我，爷爷奶奶也在看着我，他们送我离开。这样的送和别，回想起，总能疼出许多怀念。

云和月一直都会在，无言地看着这世间的别离。可我却希望，每一次别离，每一次漂泊，都能如云洁净，如月无尘。那么，送行我的那些目光，也会温暖而清澈，照亮我脚前的路。

尘　香

　　我的目光是被那只桦鼠牵引着，才落在那棵树下的泥土上，一阵细细的风路过，一些琐碎的花片就在目光的河里颤抖摇曳。这一刻，顺着目光的河游进我心底的，并不是那些落花，而是那些微尘。我坐在树下，羡慕那些伴着落花的尘土，染着春的清芬。

　　而埋藏着岁月的尘埃，更会有着浓浓的旧香。当我还未历离散未尝沧桑的时候，就很喜欢在夏天溜进院子东边的仓房里。掩上门，就隔绝了喧嚣与炎热，眼前的昏暗与阴凉一遍遍濯洗着惊喜中带着躁动的心。一束光从高高小小的窗口溜进来，和我一起窥探一丝神秘。细细密密的尘埃在光束中飞舞成一条亮亮的河，我闻到了尘埃的味道，带着陈粮粗粝而温和的等待，带着铁锈微微的尖锐，带着农具沉默的疲惫，也带着虫鼠们低低的窸窣。刹那间，我的心就迷失在这气味的世界里。

　　也不知从哪一次开始，对尘埃的味道是那样心醉。仓房成了我的乐园，当我在角落里发现一箱子的书，当我轻轻拂去那一层静静的尘埃，当我翻开书页，一个崭新的世界就随尘埃漫舞在眼前。后来，我把小学时的所有日记装进了一个小箱子，也放在仓房的角落里。很多天后我去看，上面已经被尘埃与寂寞覆盖。我用手指在尘埃上写下一行字："谁也不许偷看！"如今想来不觉莞尔，如果那个箱子还在，不知我的指痕是否已被尘埃淹没，那一层轻尘里融着我的指温，也融着我年少的心情，定然会约出我满眼的泪。

而约出我满眼的泪的，并不是仓房里墙脚处小箱上的尘迹，故园早已不在，物非人亦非，我甚至不敢归去。那一年的五月，在离故乡村庄六七里外的地方，林木秀长，小河悠然，不远处便是望不到边的田地。这里是我爷爷奶奶和父亲的长眠之处，我跪在那里磕头，额头亲近着温暖的尘土，那么亲切，仿佛亲人们生前的笑，那笑带着泥土的温度与敦厚，唤醒着心底眼中太多沉睡的泪水。

亲近尘埃，是我们黑土地上长大的人共有的眷恋，小时候在大地上翻翻滚滚，从没觉得是脏的，每天回去衣上带着二斤土。以后就算离开了尘土，可终有一天也会回归到尘土的怀抱。故乡里，我之前祖祖辈辈的人，一辈子都在尘土里劳碌奔走。儿时的我坐在田间地头，坐在被阳光践踏过的路旁，看着大人们在垄间挥汗，脚步溅起的尘土被流淌的汗水拥着，于是每个人都有了泥土的颜色。可他们笑得是那么深，在深深的笑容里，我看到了一个芬芳的季节。

秋天的大地是芬芳的，每一粒尘埃都被成熟的庄稼洇染着，成熟的庄稼等着幸福的刀镰，幸福的刀镰被握在一只只粗糙的手上，这片黑土地上便漫流着笑声。我总是会梦见村西北的那个场院。梦见在溶溶的月光下，那些劳累了很多天的碌碡，静静地沉睡在角落里，披着一身的香尘；梦见人们扬场时，飞舞在空中的粮食、皮屑和尘埃，被长长的风分离开来，那些裹挟着米香的细尘便弥漫出快乐的味道。

有一次，班级同学都去帮老师家干活儿，在他家的田地里，西风逗引得满地的庄稼都在笑。我们累了，就躺在垄沟里，躺在大地的怀抱里，泥土剥离着全身的疲惫，厚重而熟悉的气息似要把我们拉进一个沉酣的香梦里。老师也和我们一样躺着，他抓起一把泥土扔向高远的天空，不管过去多少年，我都记得他说的那句话："这就是生活！"

如今坐在这株落花的树下，我又想起了这句话，却已隔着三十多年的光阴。虽然境非吾土，虽然离开故乡的平原那么久远，可尘埃的芬芳却是相似。我知道，我的一颗心早已种在了泥土里，生长出来的，不只是回忆，不只是眷恋，还有蓬勃的希望与力量。所以不管在怎样的境遇里，都没有风尘困顿，因为生命总有爱与暖的来处。

历经磨砺的水

　　细细的溪水从山林间挤了出来，然后又转过千拦万阻，不知汇入哪一条河哪一条江。每一次被奔腾的山溪润湿了目光，心里都会翻涌着一种感动，觉得我们和溪水一样，从生活的重重艰难中走出来，只为奔向远方的那片海。

　　水不只是智者眼中清澈的深沉，也是我们常人心底的寄托和向往。所以我们看到自由的水，会心驰意随，却不知它们来自怎样的种种。那些水，经过坚岩的磨砺，穿越密林的梳理，历经峡谷和狂雨的涤荡，经受砂石和暴雪的锻造，承受日月流年的洗礼，包容雨雪，忍受寒风，终于在我们眼中欢唱成自由的模样。可是，再坚强的水，也离不开大地的依托。就像从生活的坎坷长路上走过来的人，磨难沧桑赋予了他们执着与睿智，可是如果没有一种梦想目标的依托，也终会疲惫成死水的样子。

　　其实，我们更应该学习水的另一种精神，无论历经怎样的磨砺，依然保持清冽，依然保持可以冲破任何坚硬的柔软之态。所以我们也应如此，既不在磨砺中锋芒毕露，也不在磨砺中失去棱角，更重要的，一颗心穿过再多的风雪寒凉，也依然柔软温暖，能感受世间的美好，能在每一堵冰冷的墙上敲开一扇希望之门。

有时候，我看一个人默默地流泪，也有着同样的感触。一滴泪的行程，就像山溪一样，也有着太多的变迁。一滴泪发源于心底最柔软也最易被触痛的地方，起初只是蕴敛成一小泓静静的湖，它没有出发的时候，没有冲出眼眶的时候，不叫泪。从心到眼睛的距离，便是千山万岭。这样艰难淌下的泪，蕴含着太多的无奈辛酸或失望悲凉。

一滴眼泪的行程，有时候，是一个人在逆境中行走的缩影。

而忽然降下的大雨，那么酣畅，仿佛来自虚无，无遮无拦地扑向大地。可这些水的背后，更有着不为人知的艰辛。它们本在大地上向海而行，却在炎热中被改变了形态，可它们依然记得那片海，所以在热与冷的交替中再次以水的姿态回归大地，回归奔向海的过程。与此对比，我们的执着有时候是那么脆弱，我们也许不缺乏翻越坎坷的力量，却没有从头再来的勇气。

不只是那些被热成蒸气的水，许多有梦想的水都在以雨的方式重返那一条漫长的路途。被泼在院子里的一盆水，它本来可能是被强迫着成为死水，却终能化雨而流。所以我们有时候会觉得某个目标太遥远，或者是终生无法去交集，其实只是决心不够而已，总有一条路，会让我们走上朝圣之旅。

凝神于一颗清晨的露，我的心总是清澈欲滴。它要经过怎样的长夜，在怎样的冷空气里游荡，沐浴过怎样的星光月色，又怎样遇见一片青青的叶，才能于空气的迷失中，变成一滴动人的水，才能在美丽的清晨，用一颗澄澈的心去灿烂一缕朝阳。是啊，我们辗转于尘世间，有时候也许无法踏上奔海的路，但也要有一颗凝露之心，去映亮许多的际遇。

　　那条山溪依然奔流在我湿润的目光里，我仿佛看见，它一路变成河汇成江，在大地上驰骋。即使奔走到悬崖边上，也要跌落成世人眼中最壮美的惊艳。

一根缝补岁月的针

　　在我小时候的印象中，母亲极严厉，那时父亲长年在外地工作，家里那么多孩子，全靠母亲一人，有时候不用雷霆手段是不行的。

　　读小学时，有一段时间我经常逃课，母亲发现后，便找到我，拽着红领巾将我拖到学校。有几次，还狠狠掐我，专挑腿根柔软的地方下手，掐得乌青一片，针扎一般，极疼。几番下来，我再也不敢逃课。我后来能够学习优秀考上大学，与母亲的掐有着很大关系。

　　不过，后来一对比，才发现，母亲对我的打骂根本不算什么。哥哥有一段时间极叛逆，那时他正读高中，母亲越是管他，他越反抗。而且他那时在县城住校，母亲有时候鞭长莫及。哥哥本来学习还是很好的，后来迷上了电子游戏，几乎不怎么上课，天天长在游戏厅里。母亲闻讯后，曾几次突然袭击，虽然打得挺狠，可是哥哥梗着脖子，一脸的不服气。有一次，母亲终于大爆发了。

当时我是同母亲一起去的县城，哥哥并不在教室和宿舍，母亲便挨家游戏厅找，把正在奋战的哥哥当场擒获。

我终于见到了母亲不打人的另一面。她拽着哥哥的衣领，就像当年拽我的红领巾一样，一直拖到学校。学校正是上课间操的时间，所有学生都在操场上做操。母亲就一直拽着哥哥上了领操台，这个举动把我震惊了，全校师生都停止了做操，看着这奇怪的一幕。母亲大声说："这是我儿子，在你们学校上高一，我们家是农村的，他来城里却不再像以前那样好好念书，整天出去玩，我打他骂他都不管用。今天我当着大伙儿的面，就是想说，我这个儿子已经不会有出息了，以后我也不会再管他，如果不信，你们都看着，看他以后什么样！"说完，母亲下了领操台，拉起我头也不回地走了。

哥哥就低头站在台上，狠咬着嘴唇，眼中全是愤恨。那以后，母亲果然再没去管过哥哥，哥哥周末也不回来，每次都是我去给他送生活费。哥哥沉默了许多，我也不敢问他还去不去玩游戏了。听说那次事件以后，校长震怒，要开除他，最终却还是留下了他。

后来，母亲的威严就落在了姐姐头上，不过却没有起到效果。那时姐姐正谈恋爱，我们都觉得那个小伙子人很不错的，可母亲却不知怎么，就是瞅着人家不顺眼，还说了一大堆她臆测出来的理由。那些理由连我们都不相信，更别说处于甜蜜爱情中的姐姐了。结果，不管母亲怎样严厉或者苦劝，都没能阻止姐姐和那个人进入婚姻的殿堂。我记得有一次，还是在姐姐婚前，晚上，母亲坐在炕上缝补，姐姐就感叹道："妈，我觉得你就像你手里的针，把我们扎得遍体鳞伤的！"母亲停顿了一下，并没有说什么。姐姐结婚的时候，母亲并没有表现出一点儿的不满，这让我们心里都舒了一口气。

几年后，姐姐在痛苦中离婚。没想到，当年母亲"臆测"的那些，竟然都成了现实。那段时间，姐姐悔恨交加，每天都很难过。母亲一改往日的冰冷，并没有说什么当初不听话之类，只是带着姐姐四处去散心游玩，还制造了一些难以忘怀的美好回忆，渐渐地，姐姐终于平复过来，快乐如初。

前几年，大家都回老家过年，戴着老花镜的母亲正给我们的孩子缝制棉裤。我便忽然想起当年姐姐说过的话，觉得母亲有时真像一根针一样，狠扎我们的心灵。听我说起这些，哥哥却很动情地说："妈真是一根针，扎得我们的心很疼，让我们重新唤起勇气和力量。"我知道哥哥想起了被母亲拽到领操台上的往事，那时校长要开除哥哥，是母亲又去找到校长，将哥哥留下。哥哥一直都知道，所以他就真的改变了，并以全县第二名的成绩考上了大学。

是的，母亲就是一根锋利的针，有时候我们真的需要有人在我们心上狠刺几下，让滚热的血流淌出来。而母亲更是用这根针缝补着那些岁月，而我们就如她手上的那些布料，在承受针刺的过程中，都得以成为美丽的衣裳。而当我们有了坎坷时，母亲又会一针一线地为我们补缀那些伤口，把伤口变成美丽的花朵，就像现在幸福的姐姐。

长长的岁月里，母亲就是那根针，而她给我们的爱，就是那些线，一针一线，为我们缝制出一个幸福的人生。

原来母亲也曾是少女

三舅三周年忌日，我回到了故乡的村庄，陆陆续续回来的，还有那些多年未见的表哥表姐。站在二表哥家的院子里，我依然记得当年三舅建这所新房的情景，而仿佛只是刹那间，三十多年的光阴便逝去无踪了。

和二舅家大表哥在院里聊天，他问我是哪年离开的，我说是1988年5月1日，他感叹着："你二舅家搬走的时候，我才八岁，现在整整六十年了！"六十八岁的他摇头叹息，长长的风吹过，他的眼中恍惚着，就像岁月的叠影。他给我讲，那时候，我姥爷家一大家子都住在一个大院子里，还没有分家，他现在依然清晰地记得，他太奶奶去世时，六岁的他被老姑领着，躲在房子后面。

他的老姑，就是我的母亲。他当时六岁，我母亲就是十四岁。我很难想象十四岁的母亲是什么样子，当年那个大院里很多孩子，母亲的侄子侄女们一大堆，有的比母亲大，有的和母亲相差不多，还有比母亲小两岁的老舅，那样一群少男少女，每天一起干活儿，上学，打打闹闹，那是怎样的一种生活呢？不管是怎样的生活，也都已恍如隔世了。

在我的记忆中，母亲一直是忙碌的，我似乎从没觉得母亲年轻过。田地里，灶台前，菜园中，烛光下，母亲有着做不完的活儿。后来搬进城里，母亲做的事就更多了，路边卖鱼，走街串巷卖冰棍儿，在家搓麻绳，在工厂倒班，等等。就这样，一年一年，母亲就老了，母亲老了的时候，我却回想不起母亲年轻的模样。而少女时代的母亲，则更是无从想象了。

童年时，有一次在仓房的箱子里，或者是在舅舅家里，我和姐姐们曾看过一张黑白照片，照片中一个十五六岁的女孩，还有一个差不多大的男孩，站在一个中年妇女的两侧。有人说那个女孩就是母亲，照片已经模糊，可记忆比照片更模糊，如今用力回想，可目光依然穿不透岁月重重的壁障。我只记得照片中的女孩梳着两条辫子，浅浅地笑。

母亲曾给我讲过，她从很小就开始干活儿了，那时还有生产队，母亲在田地里干各种农活儿，从来没有落后过。母亲的少女时代，是在干不完的农活儿里度过的。春天和秋天，那个少女扎着蓝色的三角头巾，在大地上弯着腰；而夏天，劳累的她会偶尔直起身，挂着锄头擦汗，阳光漫天洒落，她看向远远的田地尽头，微微的风轻拂她的发。不管我怎么努力在心底勾画母亲那时的身影，却依然画不出清晰的图案。

我清晰地记得的，是母亲和父亲订婚的照片。依然是黑白照，父亲坐着，母亲站着。应该是秋末或者冬初，父亲穿着高领毛衣，外面是中山装，胸前佩戴着毛主席像章，衣领间还有两根隐入衣服的怀表绳。母亲穿的是一件细格子对襟棉袄，系的疙瘩扣儿，乌黑的齐耳短发，轻遮眉毛的齐刘海儿，眼睛是那么清澈明亮，脸上没有一丝皱纹，微笑里流淌着一抹羞涩。

　　我怎么也无法把照片上的形象和现在的母亲重叠起来，原来母亲也曾有过自己的少女时光，我不知道，母亲回想起六十多年前的自己，会是怎样的心情。时光洗老了多少年轻的容颜，可我的母亲，天下每一个年迈的母亲，当她们告别了少女年代，当她们有了自己的孩子，便把全部的爱都奉献了出来，忘了日月流年，忘了世事沧桑，仿佛从没有过那么如花的季节。

　　而如今，只希望母亲老得再慢一些。

驶过光阴的那趟火车

坐着古老的绿皮火车，驶过松花江，一路向西南方向，正是八月末，阳光和风从打开的车窗扑进来，裹挟着初秋大地上的草木之气。我的心情却飞扬出去，追逐那些美好的陌生。

那是二十多年前，我去沈阳上大学的路上。第一次坐这么长时间的火车，真是难以想象，在长长铁路的那一端，会有一种什么样的生活和心境在等着我。从那以后，我就喜欢上了坐火车，喜欢疾驰间坐拥一窗风景，驰心骋怀之际，思绪便无远不至。

托腮坐于窗前，小几上的书已被溜进来的风翻乱，而窗外掠过眼睛的，总是未知的新奇。那一窗变幻的风景，匆匆而来又急急而去，我可以从从容容，在来时远远凝睇，在去时依依回眸。就像眼底的流年一般，只是，在流年里，我看不到即将到来的光阴碎影，所有的情节却只能在回望中愈加葱茏和清晰。

第一次坐火车是三四岁的时候，我从炕上掉下来，摔断了胳膊，先坐马车去公社，再从公社乘火车去县城。几个大人护着我不被挤到，那时的感受，就是满车厢的嘈杂拥攘，目光被摩肩接踵的人群遮挡，看不到那一扇扇窗，也看不到窗外的一切。如在船中，摇摇晃晃。

姑姑家住在镇上，当时还叫公社，房后不远处便是一个小小的车站。每次去姑姑家，表弟会带我去站台上玩。经常有火车从远方驶来，我站在那里呆呆地看着，可以看到车窗里的人脸，不知这长长的火车会送他们去到哪一个远方。有时会有更长的货车路过，我们就会兴奋地数着一共有多少节车厢。

在那个小小的站台上，我放飞了太多的希冀与渴望。每次看到火车消失在视线的尽头，只留下长长的铁轨寂寞地延伸到目光难及之处，心便像少了一块儿，我知道，那是被火车带去了远方。

也很留恋在夜里乘火车，虽然窗外只是浓浓的夜，可瞬间划过眼睛的灯火，便让我的心回到温暖而遥远的岁月深处。细看车厢里的人，或轻声交谈，或沉沉欲睡，弥漫着一种旅愁。便会猜想，他们之中，或归人，或旅者，或过客，各自在此时此刻此情此景之中，会想些什么。有时候从睡中忽然醒来，便觉得刚才浅浅的梦都是漂泊着的。

车窗外游走的风景，我最喜欢黄昏时路过某个村庄。远远的炊烟飘舞成亲切的回忆，可以想象每一个屋檐下温馨而又和睦的场景。心里便会安稳了许多，虽然转瞬即逝，却有着暂时的慰藉。

当初，我从村庄出来，义无反顾地奔向远方，只是为了寻找在曾经的站台上丢失的那一小块儿心，可是在风尘中走了那么久，乘坐过无数次的火车，却不但没有寻到，还丢了更多的部分。我没能抵达想象中的远方，反而是到了远方，才发现还有更远的远方，我就在途中漂泊无依。

很多年以后的某一个黄昏，我乘火车经过一个酷似故乡的村庄，斜阳把一户人家墙外的一棵树的影子拉得那么长，就像我走过的所有岁月。树下，有一个小孩，正看着这趟疾驰的火车，眼中闪着希冀与渴望。那个瞬间，我的目光仿佛穿透无数光阴的尘雾，看到遥远的时空里，我朴素的梦与快乐。

而如今，鬓染秋霜的我，多想乘着曾经的那趟火车，驶回过去，驶过故乡的村庄，驶过故园的门前，再看一眼曾经那个满心远方的小小少年。

只剩故事

　　小兴安岭的春天真正到来，是在五月，这个时候屋里阴冷至极，所以老人们都不会待在家里。我每次从水上公园南边那个角落经过，总会被老人们的笑语簇拥着，于是阳光更暖。时间久了，我发现有一个高大的老者说的时候最多，讲到高兴处便站起来比画着，每一个动作，每一个字，都牵动着听者的目光。

　　有一次我好奇地也凑过去听了一会儿，老者正讲他年轻时在山林里各种遇险的经历，确实很吸引人。当然，别的老人也讲，都是他们曾经最难忘的那些事。这个老者的听众最多，几乎每次看见，他身边都聚拢着不少人。可是不知从哪一天开始，他身边的人开始减少，于是寥寥，最后终于没了听众。有时候他去到别的小群体里，别人也不给他说话的机会了。

　　于是他渐渐地成了一个游离在圈外的倾听者，可是每次我看见他，都能看出他脸上的落寞。那是一种熟悉的神情，也曾是想来让我无数次心痛的神情，那种落寞，也曾属于父亲。

父亲退休后，也是经常去公园里，和一些老伙伴高谈阔论，每次回来还意犹未尽，有时候想对我讲，可是那些往事我都能背下来了，于是总是借故离开，甚至会表现出明显的不耐烦。我从没想过，父亲会是怎样的难过。很久以后，当我回想父亲眼中的落寞，却是那样地刺痛着愧悔与思念。

　　后来，父亲犯了脑梗行动不便，再也不能去公园里和别人聊天讲故事，有时候母亲推着轮椅带他去了，他也不再如从前般神采飞扬，只是在人群外待上一小会儿，就让母亲推着回来了。父亲每天醒得很早，他坐在那把大椅子上，对母亲不停地说，说着许多遥远的往事，母亲静静地聆听，偶尔插上一两句。在某个早早醒来的清晨，听着父亲低低的话语，我忽然就悲伤无比，我的父亲，如今只有母亲一个听众了，而我，却未曾用心地听他说过。

　　舅舅去世，母亲回老家参加葬礼，那几天，是我和父亲睡在一起，早晨起来扶着他坐在椅子上。沉默了一会儿，父亲给我讲起了从前的岁月，我坐在他对面，暖暖地听。听得朝阳爬满了窗户，也栖在父亲的笑纹里。光阴都静着，美着，在父亲的白发上。

　　静美的光阴走得飞快，几个月后，父亲便永远地离开了我。很长的一段时间里，我生活在无边无际的自责与愧悔中。有一次我整理父亲的遗物，发现几个大笔记本，那是父亲的一些日记和回忆录。这个世界上已经没有了父亲，只剩下写在纸上的这些往事了，在泪眼中，在濡湿的心底，那么多的时光在真实中虚幻，又在虚幻中真实。

　　也是在一个很深的夜里，无眠的我想起了小时候，一个很冷的腊月，快过年了，在外工作了一年的父亲回家，那个晚上，我们全家一起包冻饺子，父亲给我们讲故事，有他的经历，有民间的传说，有妖魔鬼怪。我们听得那么忘神，火炉在一旁静静地热烈着，父亲的声音带着一种魔力在屋子里回荡。而此刻，身畔是那么深浓的夜，心底交织着幸福与疼痛。这个世界上已经没有了父亲，只剩下了父亲讲过的故事。

父亲不在了，他的故事，却在我心底生生不息。

夏天的时候，当我又一次走过门前的水上公园，那些老人还在那里说着听着，我留意了一下，却并没有发现当初那个高大的老者。又往前走了一段，在一个小树林里，在偏僻处，传来熟悉的声音。我走过去，透过枝叶，那个老者正在滔滔不绝地讲着，可是，除了风和阳光，除了静默的树和花草，他的身边没有听众。我轻轻地退走，却有着很复杂的感受。

如果有一天，我老得只剩下了故事，愿还有时光在倾听。

我就是那个笨小孩

　　刚搬到县城郊区的时候，还没进新租房子的门，就看见一个男孩被另一个男孩一脚踹在屁股上，趴在地上，旁边几个男孩哄然叫好。他们都不到十岁的样子，见那个男孩倒地，便一哄而散。倒地的男孩见别人都走了，嘻嘻一笑站起身来，他竟然比别的孩子高出许多，长得也很健壮。发现我在看他，他冲我憨憨地一笑，捡起地上的玻璃球，很是高兴地跑开了。

　　后来我才知道，这个男孩姓印，叫印象。不禁好笑，这个印象真是给我留下了深刻的第一印象。

　　第二印象也挺特别，当时，我正站在门外，看着陌生的街道发呆，印象就跑过来，他跑动的时候，口袋里飞出哗啦哗啦的声音，他拿着一个带五色花瓣的玻璃球，问："咱俩弹琉琉啊？"我们这里把玻璃球叫琉琉，心想我都上初一了，早不是小屁孩了，怎么可能和你们一样趴在那儿弹琉琉呢？印象见我不玩，就把手中的玻璃球递给我，我不要，他却一拍口袋，欢快的哗啦声便被拍醒了，应该有几十个玻璃球在拥挤碰撞。

拿着玻璃球看着印象的背影，心里有着浅浅的感动，忽然他转过身来，大声冲我说："对了，我就是那个笨小孩！"

渐渐地我才发现，印象在这一片儿相当有名，笨小孩，是几乎每个人口里常提到的。印象也总是很大声地对陌生人说："我就是那个笨小孩！"似乎笨成了他的标签，也成了他的骄傲。

直到那个夏日中午，我才领略了印象笨的冰山一角。由于还没有联系好要转去哪个学校，无所事事的我便在门前的短街上转悠。由于天热，街上静得只有若有若无的风走过，偶尔会有叫卖冰棍儿的声音刺破几乎凝固的阳光。然后我就转悠到了印象家门前，向院里看了一眼，却看到印象正以一个奇怪的姿势在凝固的阳光中凝固着。他赤着脚，只穿着短裤，倒立着倚在西墙上，举向天空的双脚落满了阳光。

他一动不动不知多久了，直到我在墙外看了超过五分钟，他才翻过身站起来。我问："你这是干啥呢？"他擦着满头满脸的汗："于爷爷说，每天中午让脚心晒晒太阳，能长高个儿，还能不得病。"于爷爷是我们这片儿一个老中医，我就笑，越笑越是停不住，印象也跟着我大声笑，笑够了，他问我："你笑啥？"这又唤醒了我新一波的笑，我边笑边说："那你非得倒立啊，坐着也能晒着脚心。"他却很认真地告诉我，倒立能锻炼身体。

当我从公园转了一圈回来，又遇见了印象。他已经穿戴好，口袋里依然飞出藏不住的哗啦声。这时候，有两个小孩远远地跑过来，踢踏着一地的阳光和尘土。印象立刻两眼放光，冲他们大声喊："哎——我就是那个笨小孩！"那两个孩子闻言跑得更快，到了近前对印象说："你就是那个笨小孩啊，来来，咱们弹琉琉！"

三个人或蹲或跪，弹得兴高采烈，旁观了一会儿，见印象弹得实在是准头太差，确实是有些笨，一会儿工夫，他就输了两个玻璃球。我看得没趣儿，就走了。没走出多远，便有吵嚷声追上来，回头看，那两个孩子把印象踹倒在地扬长而去。而印象却笑着爬起来，也一溜烟不知跑哪儿去了。早就听说总有这一片儿之外的小孩来找印象玩，就是为了来赢印象的玻璃球，看来传言不虚。

我转到了附近的学校上学，学校有小学部和初中部，结果，印象也在这儿上学，读三年级。而且他在学校里一样有名，听说学习极其刻苦，可成绩却是倒数，他的老师经常摇头叹息，说这个孩子真是好孩子，努力、热心、能干活儿，可就是有点儿笨，怎么学都不会。

有印象在，每天全校的课间操便成了我们很快乐的时光。领操台下，就是印象，他在黑压压的队伍最前方。领操台上的学生做操很标准很优美，可是台下的印象却像个大猴子一般，手舞足蹈，没有一个动作标准，没有一个动作在节奏上，而且经常自行发挥。我们虽然做着操，目光却全汇集在印象身上，一阵压抑着的笑声渐渐地便冲破了控制，经常是操场变成了笑的海洋。听说他一直学不会做操，体育老师一气之下，让他去领操台下跟着领操员做，结果依然学不会，反而成了我们喜悦的源头。

笨小孩印象给周围的人带来了许多快乐，他自己也是快乐的。当有一天，我看到他和别人弹玻璃球，又被人踹倒之后，看到他快乐地爬起来，就问："他们总找来找你玩，就是为了赢你的玻璃球，你怎么那么笨？"他想了想，说："要是我不让他们赢，还有谁来找我这个笨小孩玩呢?"说这话的时候，他的眼中竟有着一种无奈的沉重。我又问:"你有多少玻璃球?够他们赢的吗?再说，他们都赢了，怎么每次都踹你一脚?"他告诉我，他有很多玻璃球，而且每次最多让别人赢两个，超过两个，他就会开始赢别人，别人输了就会踹他，然后就不玩了。

我刹那间忽然有些感动，这个笨小孩，竟然是聪明的，他知道没人和他玩，就用了这样的方法。他也是害怕孤独的，哪怕吃点儿小亏，也喜欢和别人一起玩。

后来，印象家里出了些变故，他也很快就不去上学了，然后他母亲带着他就走了，没人知道去了哪里。他一走，这一片儿，还有我们学校，就失去了一丝快乐，却多了一丝想念。可是那想念，很快就被光阴的流水冲走了。

许多年以后，忽然听到那首《笨小孩》，时光的壁障瞬间被撕破。即使是现在，在某个旧日的梦里，我依然会看见他。看见那个高高壮壮的印象，脸上淌着笑，大声地对我说:

"对了，我就是那个笨小孩!"

声音可以过河

　　很遥远的一个秋日黄昏，我走在一条陌生的河畔，伴着萧萧的芦苇和淡淡的西风，斜阳涉水而来，把我的影子长长地投在大地上。河并不是很宽，河水清清亮亮地流淌向远方。这个时候，便有笛声从对岸传来，来得一点儿也不突兀，仿佛晚霞浓到了极点自然绽放的旋律。

　　我望向对岸，在斜阳经过的地方，一个身影正横笛而吹，笛声随风飘荡，悠悠地掠过芦苇丛，轻轻划过水面，缠绕住我的脚步。我站在那里，任悠长的笛声将我轻轻拥住。

　　我是想到对岸去，正沿河寻一座小桥，也没什么目的，就是觉得对岸看着更好一些。其实一直以来都是这样的感觉，在此处觉得彼处更好，到了远方发现还有更远方。选择的时候也是如此，选择了这条路，会觉得也许错过了更好的一条路。所以总是认为，脚步没有抵达的地方，才是美境；没有经历过的生活，才是最好的生活。所以总是有遗憾，那种遗憾无处不在。

而此刻，我却不想过河了，因为笛声可以过来，我的目光也可以过去。而且在美好的旋律中，我的思绪也飞过河，心情弥漫在彼岸，甚至比目光看到的更动人。刹那间，心里一下子轻松了，放下了许多遗憾。正因为暂时到不了，才会让我心心念念间满是憧憬与希望，有了这样的感受，便不会再有疲惫与失落。即使最终到不了想去的地方，得不到想要的东西，可心曾去了，便也是一种收获。

　　想起王维《终南山》的最后两句："欲投人处宿，隔水问樵夫。"如今品来，隔水而问，是多让人向往的一种情境。进而想起古代的渔樵问答，山河之间，声音便在水面上交汇成一道美丽的桥梁。或者是岸上的人放声喊着"船家"，艄公高高地应一声，声音便先于扁舟到了岸边。这样的场景总是让我悠然神飞，浮在水面上的声音，仿佛拥有了生命力与感染力，即使散去，也久久在耳。

　　《红楼梦》里贾母宴大观园，在缀锦阁开席，她让那些小戏子在藕香榭的水亭上唱戏，说借着水声更好听。缥缈的戏声沾染着水的清澈，越发悦耳。现在再回味这个情节，忽然有了更深的感悟。

　　我们的一生要有多少过不去的河呢？有多少艰难坎坷呢？可我们在那样的河畔，留下的往往是叹息，是徘徊的足音。我曾在偏僻的河畔，看到彼岸一个中年男人，向着对岸大声地喊，声音里从开始的悲凉无奈到最后的轻松清透，仿佛河水把他的苦闷失意都洗去了。其实苦难和失意给予我们的，不只是遗憾和伤痛，只要能让心绪从苦难中汲取希望与力量，就像浸染过水色的声音，便有了穿透人心的温暖与力量。

　　那个秋日的黄昏，我站在陌生的河畔，伴着夕阳与芦苇，在幽幽的笛声里，思维纷飞如风，竟是体悟到在纷繁的城市里无暇感受的种种。于是我对着河那岸高声喊："谢谢你的笛声！"我的声音与笛声擦肩而过，飞过水面，吹笛人并没有停顿，只是略冲我点头。

回去的路上，河已遥远，可笛声还若有若无地追着我。忽然想到，在我生命中，最初的声音，最初的梦想，有没有涉过岁月之河，在我心底回响成一种感动一种无悔。不过没有关系，因为在此刻，尘埃散尽，我依然能听见最初的声音，那么，希望就会生生不息。

接近太阳，亲近泥土

我不知道别人有没有那样的时刻。有时候站在蓝天下，会情不自禁地向上伸展双臂，仿佛那样，阳光就会更暖一些。或者，行走春郊，芳草连天，总想弯下腰来，细嗅泥土的芬芳。那是一种自然而然的冲动，就像所有的羁绊和困围纷纷卸落，心里涌动着童年最纯真的渴望。

就是在童年，经常在大地上蹦跳，跳着的时候仰头看着天，跳起，便见天空忽悠一下便近了，太阳也在摇晃，阳光也在颠簸。跳累了，便坐在地上，泥土还带着阳光的温度，尘埃在指缝间摩擦涌动，细细密密的感与触。总是回忆起那点点滴滴的暖，就像光着脚丫走在野外，或干硬的土路上，或柔软的草地里，或湿润的小河边，那每一丝细微的感受，都不会在流年里消散，悄悄地汇集成一条无形的绳索，把心中最清澈的那一部分，系在最朴素的岁月里。

那个时候，也常在田间地头，在树荫下，看着家人和乡亲们在田间劳作。古老的耕作方式，祖祖辈辈挥洒汗水的黑土地，离他们是那样近，泥土便沿着锄把沿着镰刀把向上延伸，最后近得可以融进血液里。太阳也离他们那样近，大朵大朵的阳光扑落，砸在他们的额上、背上，飞溅成晶莹的汗珠儿。现在想起来，觉得那个场景很入心。曾经在田间劳作的父辈们，回忆往事，都说，那时累是累，但不觉得苦。

累和苦，是完全不同的感觉，累是身体上的，苦却是心灵上的。虽然那个遥远的年代很累，但是都很快乐，单纯的快乐，欲望很少，满足很多。阳光无声，大地无言，在那个简简单单的世间，都是最动人的笑脸。

在短暂的教师生涯里，有两个男生让我印象深刻，源于他们的一次争论。高个子男生在矮个子男生面前炫耀高个子的好处，说到最后，高个子说："我比你离太阳近，阳光先照到我！"

矮个子不甘示弱："我比你离地近，离地上的东西近！"

高个子反击："可是我也是脚踩在地上，咱们其实一样近！"

矮个子想了想，说："我看水里的太阳比你近！"

高个子也说："我看山上的土比你近！"

我笑，在六月的阳光里。听着两个孩子的话，忽然觉得，太阳那么近，大地那么近，在太阳与大地之间，多么美好的尘世。当越长越大，越走越远，却是感觉离太阳和泥土越来越远，就像那些远逝的年华，就是在梦里，也难遇见。

还有那次，我在乡下看到两个孩子爬树，爬到上面，坐在树枝上，仰头拥抱蓝天的样子，嘴里大声欢呼，所有的叶子都被阳光踩踏得不停地颤动。然后两人溜下树，就在岸边摔起跤来，两人磕磕绊绊，翻翻滚滚，一会儿工夫，身上脸上便全是尘土泥巴。两人摔累了，就躺在那儿，不停地笑。

我也不停地笑，站在大地上，站在太阳下，看着两个孩子，心里柔柔的，就像那些遥远的时光，正在轻轻淌过。我便突发奇想，也想躺下去，不管穿着多么整洁的衣服，怎样新鲜的鞋子。于是就真的躺下去，两个孩子好奇地侧头看我，毫不掩饰地笑，我也笑，于是一起笑。笑够了，就都看着天。感受着身下的泥土，它们就像有生命一般，轻轻地拥我入怀。这个时候看天空，看太阳，就觉得更近了，近得仿佛就在怀里。

忽然明白，真正地亲近了泥土，便也就接近了太阳。心沉下来在泥土的怀抱里，灵魂就飞向了高远。那么就接近太阳，采一朵阳光，戴在发间；那么就亲近泥土，撷一缕草香，披在身上。多好，就可以抖落掉许多风霜沧桑，轻轻盈盈地走，暖暖融融地走，踏踏实实地走。

我就是那样走回去的，阳光的芬芳，泥土的印迹，都在身上。不在意路人讶异的目光，脸上的笑容清清浅浅，像童年那条干干净净的河。

风曾告诉我它去过的地方

一阵风长长地吹过了六年，也吹过了流年，终把我们把你们吹散了。

风陪伴着走南闯北的身影，也轻抚着东奔西顾的心情。而那一阵从故乡吹来的风，从时光深处吹来的风，却一直在心底徘徊，不曾走远，它吹过我的成长，也吹过我的别离。

那个遥远的六月，那一天下午刮着很大的风。大家都欢呼着涌出教室，融入浩荡的风里，我却在桌洞和书包里焦急地翻找，终于，在书包后面的夹层里，掏出一条皱皱巴巴的红领巾，快速系好，冲出门。同学们正聚集在操场上，在几个老师的指挥下闹哄哄地排着位置，我赶紧奔进那一片喧嚷。虽然我们班只有二十多人，在我心里却是欢乐的海。可如今，这片海里的每一滴水，都要流散了。

终于排好了位置，最前面坐着学校全部的六七个老师，我们即将迎来黑白毕业照里被凝固的刹那。在那个刹那之前，我回头看了一眼，国旗在空中猎猎飞扬，每个同学胸前的红领巾也舞动成一种灿烂的挽留。之前在教室里，班主任还带我们最后唱了一遍《送别》，可虽然毕业在即，虽然村南大草甸上芳草碧连天，长亭古道却离我们很远，心底也并没有太多的离愁。因为我们生活在同一个村庄，依然日日可见。我们告别的，只是小学的六年光阴。

后来的无数日月流年里，我翻看生命中第一张毕业照，依然能感受到那个下午的风，吹过许多的四季，吹醒着心底暖暖的眷恋。照片上的同学都散了，照片上的老师也都老了，沧桑漫卷，如泛黄的画面，轻掩着多姿的往事。

我曾以为我们会在那个美丽的村庄一直生活相伴下去，却没想到第一个离开的会是我。不到一年的时间，在第二年的春暮，我们家就搬进了县城。告别的那天，依然是很大很大的风，邻家园里的杏花成群地飘落，我坐在一辆大卡车的后厢上，看着熟悉的一切飘摇成渐远的回忆，风猛烈地吹，只有它在为我送别，吹干我满脸的泪。

人生的第一场别离，只是一个离散的开始，从此，我在远离故土的地方，在一阵阵的风里，在一场场的告别中，走过半世的尘埃流水。而我曾经的同学们，后来也陆陆续续离开了那个村庄，去寻找属于自己的归宿。游走的风吹散了彼此的消息，风用沉默告诉我它去过的地方，那里有你们的身影，可是问风无语，只好让它捎去我年年的问候。

有几年我特别喜欢郑智化的那首《让风吹》，"让风吹，吹动天边飘过的云；让风吹，吹痛红尘漂泊的心"。每一颗漂泊的心都在远方无依着，他们也会在某个起风的日子，想起从前那个教室那个操场、那个六月的午后吧？"让风吹，依稀记得来时的路；是泪和泪，在风中纠缠的眼"，我一直觉得，小学，特别是农村的小学，那时的同学是感情最深的，因为我们在同一个村子，六年里，一起生活一起成长，最清澈的年华沉淀了最纯净的情感。是生命最初的流连，也将走到最后的怀念。

那段时光牢不可破，坚固到漫长而汹涌的岁月之河都不能冲毁。像一朵永不会破灭的气泡，在时光的风里飘着，许多情节细节在里面生动着，它只能离我们越来越远，却又不因遥远而模糊。

长长的风依然长长地吹着，吹着我们天涯的白发。把你们的足音种在梦里，我就看见了远方。我在风中看着每一个远方，那里风曾去过，你们也去过。

过尽飞鸿字字愁

教室里，我们大声地参差不齐地念着：

"天气凉了，树叶黄了，一片片叶子从树上落下来。

"天空那么蓝，那么高。一群大雁往南飞，一会儿排成个'人'字，一会儿排成个'一'字。

"啊！秋天来了！"

作为东北大平原上农村的孩子，我们对秋天的种种真是太熟悉了。我那时就很喜欢秋天，当庄稼寥落以后，大地是那么空旷，目光可以自由驰骋。南归的雁阵是我们见惯了的，它们总是从西边高高的天上飞过，我觉得它们可能有一条固定的云路。

我愿意看大雁路过我们的村庄，它们使天变得更高了，它们的啼鸣也声声垂落下来，挂满了大地上日渐疏朗的树。我总是幻想，自己的目光攀上大雁的背，从天上俯瞰我的家乡，会不会看到村西头某个院子里，那个正在仰望的小小少年。我的心是欣喜中带着憧憬的，想象着大雁是前往怎样一个温暖的去处。彼时的心里是那样清澈，没有关于秋天的萧瑟与落寞。天上移动着的"一"字和"人"字，在我眼中写满了美好。

记忆中的雁阵，是写在天空上的一句诗，却没有离愁。

大雁是光阴的信使，一个个秋天就这样随雁影远去了，仿佛只是刹那间，便已时过境迁。

可当我少小离家，当三十年未归，当中年回望，故园上空的归雁，却真是字字如思行行成愁。"鸿雁在云鱼在水"，大雁再也不能传书，却每一只都载满了我多年前的目光，可那些目光再也遇不见家乡。现在的秋天，我再也看不到南归的雁，大雁和我都迷失在世事的风尘里，也许大雁已改道他乡，抛弃了我蒙尘的眼睛。

当故乡的过雁变成心底化不开的苍凉，才发现，我竟然那么羡慕那些大雁，它们虽然年年为客，却也年年归乡，许多年过去也不曾迷失。可是我，早就漫漶了回家的路，只能一次次在心里，在梦里，去亲近那些遥远。

在故乡的时候，也曾多次看过失群的孤雁，它啼叫着滑过天空。可当时我依然没有伤感，它虽然失了群，却没有失了那条云路，总有一天，它会与同伴们相会在一个温暖的地方。忽然觉得，离开了故乡，在风尘中漂泊的人，每一颗心都如西风中的断雁，只有哀伤，没有了希望。归不去的故乡，聚不了的亲人，各自在风中离散苍老，我们走的，是一条不能回头的路。就这样处处是他乡，年年为异客，直到老了，走不动了。

可是我现在多想再仰头看看那些整齐的身影，不管它们在天上写下怎样的变迁，不管它们在我心底写下怎样的沧桑，在我湿润的目光里，依然会重叠着曾经的感动。至少，它们会给我一种亲切感，那一声声啼鸣，也会洗去心上的一些尘埃。可是大雁不会理解我们，曾经想飞的心是那么热切，不管飞多高多远，都会有无奈在等待着，虽然并不会后悔，可飞不动的时候，就想归去，一回头，却茫然无路。

故乡在时光中遥远成不散的温暖，却在现实与变化中遥远成面目全非的陌生。

故乡的天空依然那么蓝，那么高，多年前的那群大雁依然往南飞，一会儿排成个"人"字，一会儿排成个"一"字。原来，它们早就在我的心底写下了一首深沉的诗，让我用一生去阅读。

在荒凉深处种植繁华

　　不知为什么，从小我就喜欢一些荒凉破败或者人迹罕至的幽隐之处。在昏暗中飘满尘埃的仓房深处，邻家一个废弃的杂草丛生的荒园，村西黄土坑下只有青蛙蚂蚱蝴蝶流连的池塘青草，都曾是我足迹与目光的眷恋所在。

　　那种喜欢没有来处，仿佛那些地方一直在那里等着我。少年时我家从村庄搬进县城，第一次的离别，第一次的乡愁，就在成长的心中生了根。乡愁在生命里恣意地生长，有多茂盛，就有多苍凉。这个时候依然喜欢那些去处，却不再是单纯的喜欢，而是于喜欢中融进了一种触景伤情的思念。

　　废墟，岸边萧瑟的芦苇，芦苇上挂着的西风，荒芜的古道，凌乱晚照，淡薄烟雨，都是我心上留恋的印痕。

　　那几年，我的脚步走遍呼兰县城的角角落落，似乎只有那些地方，才可安放我的思绪与往事。城西的西岗公园里，那个隐匿于树影中的小小凉亭，我曾无数次在那里独对夕阳。更西边的呼兰河，九孔桥下流过的水与心事，还有水畔生长的足迹和年轻的杨树林，是我最好的相伴。小城东南角的古老钓台，守着呼兰河故道，一坡摇钱的榆树斑驳着墙上深深浅浅的墨痕，也斑驳着我散散淡淡的青春。

我总是在没有游人的时候，走进萧红故居，那么静，后花园里流动着夏日的光与影，也流动着那么多古老的情节。我坐在冯歪嘴子的磨坊旁，看着满园花草与果蔬，在尘埃与流光的共舞中，神思就飞越了时间和空间的阻隔。即使多年以后，我依然会怀念彼时彼境的种种。那个时候，我的心里是清澈的，即使有忧郁，也那么纯净。虽然当时我会觉得自己的心也是荒芜的，可是时过境迁的回望中，才发现那时的心其实是繁华的。

而当那一切都只能回忆，当故土已遥远成大平原上的梦，我已历了半世风尘，心中已然有了沧桑，按理应是怕见废墟，怕遇荒芜，飞花对白头可勾起无限忧思，可是我却依然愿意到那些去处，而且，那种喜欢回归了少年时的澄澈。我感动于这样的感受，就像我的心依然未历变迁。

就像南山脚下那个废弃的村落，起伏的土路上覆盖着斜阳与荒草，断壁颓垣，不闻鸡犬之声，可我的每一声足音，都生长着繁茂，都生长着人间烟火。原来，一颗不染尘埃的心，可以在任何荒凉里种植下繁华。村中间有一棵树，我的目光走过它的四季，花离去了，果实离去了，叶离去了，时光离去了，只有那群麻雀还守着枯瘦的枝。麻雀们和我一样，相信着也等待着，离去的一切都会依依重来。

所以如今我依然如故，多少话语成为岁月的年轮，半圆的月，半开的花，半掩的门，都能给我新鲜而生动的相遇。就像那些亿万光年外的星系，只是远望的孤寂，其实却有着最美的灿烂。

万物无言，繁华与苍凉都是我们内心对其的浸染。用一颗恬然的心走过，任何境遇都可生长一路繁花，就像生命中那些不断的拾起与放下。心静了，放下的，都会成为生长美好的土壤；放不下的，都会成为真正的热爱。就像一路上那些无尽的遇见与错过。心暖了，遇见的，都会成为风景；错过的，都会成为憧憬。

纸时光

在一些保存完好的古城或者古宅里闲行，那些各种样式的古老的窗总是牵绊着我的目光。除了常见的正方形和长方形外，还有圆月形、八边形、扇面形等，每一种形状都带着不同的风情，在岁月里静默着。而窗棂的复杂结构，无数各异的小格子组合成极为精美的图案，把光阴滤得细细长长。

窗户纸已经陈旧，不知是从古代保存下来的，还是后人重新糊上的。轻触之下，带着一种韧性，似乎并不能一捅就破。阳光纷纷扑落在窗子上，室内的地上就印上一个浅浅的图形，宛若时光的身影。如果月夜坐此窗下读书，蛩声满耳，风月满怀，该是无边的静美与惬意。躺在床上，看月光把窗户纸撞得越发清明，听细细的风在窗户纸上留下一声声叹息，还有什么可比此良宵呢？

二十世纪五六十年代之前的东北有三大怪，其中之一就是"窗户纸糊在外"，听母亲说，那时多是木制小格窗子，条件好的人家可能窗子中间有一小块儿是玻璃，窗户纸是一种很粗糙的麻纸。

我并没有经历过糊窗户纸的年代，可是我小时候，一进门，也会被纸包围着。

那时候家家户户几乎都在墙上糊报纸，我家的四壁和棚上，也是糊满了报纸，多是从大队要来的《人民日报》《农村报》《黑龙江日报》这一类。我经常沿墙看那些报纸的内容，小故事，小笑话，精短的小说，有韵味的散文，各种漫画和谜语，名人名言，甚至连时政新闻我也看得津津有味。有时候正看到有趣处，下面的内容却被别的报纸压住了，便急得抓耳挠腮却又无可奈何。

夏天的午后，都躺在炕上歇晌儿，我便盯着棚上的报纸看，当时的视力居然那么好，再加上棚并不高，可以清晰地认清很小的字。总是看着看着，就会发现一只蜘蛛悠然地迈着八条长腿走过，或者一只多腿的墙蹿子伶俐地掠过那些字句。还有小憩的苍蝇和胆大的蚊子，停在那儿一动不动，似乎在钻研某个字，又似乎在努力使自己变成某个字。那样的夏天，我的目光会一次次爬过满墙满棚的报纸，和那些爬虫飞虫一起流连着带着墨香的美好。

当过了一段时间后，邻炕的墙上那些报纸就被烟熏得变了颜色，而另外的墙上，或者因为雨后的潮湿，或者因为阳光日日走过留下了深深的足迹，或者是因为墙面泥土的浸染，报纸上就会显现出各种暗黄暗黑的不规则图案。还有的报纸破损，露出黑色的墙面。报纸的内容我早已熟知，躲在炕上，更多的时候是盯着那些图案发呆，有的像狰狞的鬼脸，有的像酣卧的猪，有的像飞翔的鸟，还有一块特别像家里的黑猫，而且越看越像，然后它从墙上跃下来，跳进了我的梦里。

我家屋里的东墙上，挂着日历，我们那时叫洋皇历。母亲每年年底买回来时，它是又小又厚，以一个鲜红的日子作为开篇。我和姐姐们最开始的时候，都喜欢撕日历，每天谁起得早，第一件事就是去把昨天的那一页撕掉。在回忆中把每个早晨的情节连接起来，就是我和姐姐们轮番撕着日历，一年的日子就化作片片薄薄的时光，如蝶纷飞。

有时候我起得晚了，没有捞到撕日历，也并不生气，而是站那儿仔细看着今天的那一页，日历下面往往是一些名人名言或者小笑话一类，把好的记在我的一个小小的日记本上。父亲母亲有时候也会仔细地翻着日历，看着哪一天是哪个节气，计算着农田里的活计。有时候早晨起来，看到一个红色的日子，便欣喜无比，可以不用上学，日历上的红色把一整天都染得幸福无比。

冬天的时候，墙上的报纸就更惨不忍睹了，地中间的火炉和跑烟的炉筒子把它们熏烤得黄而脆。而此时墙上日历已经变成薄薄的一层，却累积着一年的重量。火炉熄灭了的夜里，墙脚处便悄悄地凝了霜，白天霜又被火炉融化成细细的小溪，轻轻流淌过长长短短的字字句句，留下无数条蜿蜒的痕迹。这个过程每天都在重复着，直到过年的时候，墙上才会变得喜庆而热闹。

好多张大大小小的年画贴上了墙，那时的年画也是纸的，每一张都是红红火火的祝福。我喜欢那种有故事情节的年画，比如金陵十二钗、大闹天宫、白娘子、梁祝，它们完全抢了报纸的风头。再加上对联、"福"字和挂钱，还有财神和各种剪纸，报纸已经默默地把自己低调平凡成一个背景，像一个舞台，承载着年的欢乐。

当年过去很久之后，当春风吹开了门户，当新归的燕子在檐下忙碌着筑巢补巢，满墙的报纸已经千疮百孔，于是阳光漫洒的日子，父亲会再去抱回一摞新的报纸，而母亲已打好了一大盆糨糊，我们动手撕下墙上的那些旧报纸，它们被团成一堆，就这样落幕了。可是我并没有什么遗憾伤感，因为正有着新的一层喜悦在等着我渴盼的目光。

一年一年，轮回着我的这种渴盼，可是不知到了哪一年，四壁上再无报纸的身影，被文字包围的日子一去不返，我的渴盼也水逝云飞。如今属于我的纸时光已过去了三十多年，曾经满墙的报纸，那些字句，依然在岁月深处生动着，生动成一片朴素而眷恋的海。总是让我于满目繁华的迷茫中，看到一条回归的路。

第二辑
故　地

　　有没有那样一个地方，多年后重来时，每一步都唤醒着回忆，每一步都踏痛着情怀。

故　地

　　有没有那样一个地方，多年后重来时，每一步都唤醒着回忆，每一步都踏痛着情怀。

　　多年前曾看过一首词，清人朱彝尊的《蝶恋花·重游晋祠题壁》，下片是："系马青松犹在眼。胜地重来，暗记韶华变。依旧纷纷凉月满。照人独上溪桥畔。"已经韶华暗换，也经历了沧海桑田，晋祠却依然是词人眼中的旧梦，也是有着故事的故地。连当年系马的青松都还在，连凉凉的满月都似曾经，而如今，青松已长，如旧的溪桥却只有词人与孤单的影子相伴。可以想象，遥远的时光里，圆月应该是系着两个溪桥上的身影。

　　每个人的心底都有那样一个故地吧，并不一定是故乡，却是一个留下过心情的所在，也许会在风尘中漫漶了印迹，却总会在某个时刻或者某个梦里，一一重现。

　　有的故地，离开了便再也无法归去，却一直在心底美好着。而有的故地，即使归去，或物是人非，或人物皆非，沧桑漫卷中，便会有着化不开的苍凉。就像陆游的沈园，三十五岁的他与唐琬重逢之地，"山盟虽在，锦书难托"，竟是他一生的牵念。第一次重回，陆游已经六十八岁，"坏壁醉题尘漠漠，断云幽梦事茫茫"，面对那堵破败的墙，面对尘封的旧题，想起伊人久逝，该是怎样的伤情。再次来到沈园，陆游是七十五岁，而唐琬离世已近四十年。"伤心桥下春波绿，曾是惊鸿照影来"，"梦断香消四十年，沈园柳老不吹绵"，他的两行泪，浸透着多少遥远的悲伤。

据说最后一次来到沈园，八十四岁的陆游已老迈将死，依然是"春如旧"，却已历一世风霜，他用一首诗告别了沈园："沈家园里花如锦，半是当年识放翁。也信美人终作土，不堪幽梦太匆匆。"而他也曾多次梦回沈园，不知梦里的他故地重游，是否有伊人相伴，只是那种悲沉却是相同。他八十一岁时从沈园旧梦中醒来，唏嘘不已，"玉骨久成泉下土，墨痕犹锁壁间尘"，墨痕犹在，时光已远，陆游心心念念的沈园，是一生的暖与痛。

我不知道在这个世间，有多少颗心被丢在了某个地方，也不知有多少个故地在一双双泪眼中生动，只知道，也许每一个生命都有一个放不下的沈园。更多的时候，无关爱情，却一定关乎着某种心痛或者心动。所以当年赵雷的那首《成都》一唱响，便让太多人尘封的过往纷纷破土而出。

每次走过哈尔滨老站，风都会缠住我的脚步。许多年前，年轻的父亲领着年幼的我，曾在这里停留，曾在这里走过，并照了一张黑白的合影。当时父亲去上厕所，让我站在站前广场的那个地方等，而我却偷偷地藏了起来，看着父亲出来后寻找我时的焦急身影，暗笑不已。当父亲急得不行的时候，我忽然跳出来，父亲并没有恼怒，而是满脸的惊喜。

而如今走过那个老地方，身畔却不再有父亲的身影。我惶然四顾，甚至大声呼喊，回应我的只有长长的风。父亲藏在了我永远也找不到的地方，更不会突然出现在我的面前，给我一个流泪的惊喜。我会悄悄流泪，可泪水中都是怀念，都是眷恋，都是永不再来的幸福。所以，哈尔滨老火车站前，是我一直回想却不敢去碰触的柔软。

那种回忆，是每个人的遗憾，更是每个人的幸福。那些故地，在时光里葱茏着，让我们的生命不再是回首时的一片荒芜。记起一个朋友，他总说的老地方，却是一片很大的区域，年年都去，于纸灰飞舞中默然。当年他父亲带着年幼的他经过此地，却一病而逝，在好心人的帮助下草草下葬。后来他凭着记忆找来，却早没有了当初那个小小的坟茔。可他知道父亲就长眠在这里，所以每一年的那一天，他都会来此，伴着父亲。

故地，是心灵的一个故乡。虽然可能不会再归去，虽然只有风在讲述着往事，虽然只有月光在捡拾着记忆，可是它在那里，生命就有了意义。

水的絮语

一

每个人的心中都流淌着一条母亲河，那是从生命深处涌来的河流，承载着我们太多的思念和眷恋。那条河无论阔大或窄小，不管清澈还是浑浊，都连接着生命中最温暖的去处。

就算走得再远，也走不出母亲之河的怀抱。世事艰难中，那一湾流水会洗去心上的风尘；沧桑变迁里，那一脉潺潺能滋润疲惫的心田。那是回忆里最暖的源泉，也是回首处最亲切的归宿。

从远古时代，人们便逐水而居，世代繁衍，古人今人若流水，不变的只有身畔的河流，送走数不尽的人歌人哭。无论身处何时何境，无论时光如梭如电，最想做的事，就是回到故土的怀抱，回到那条河的臂弯里，动情于足边缓缓走着的波纹，心似旧时，一如岸边芦苇丛中不变的月升月落。

母亲的河流，我们流淌的血脉是她的一部分。于是在寂寂无眠的夜里，便能倾听她依依的呼唤。

二

有多久不曾哭过了？中年的我有一天这样问自己。细细想来，在尘世的风霜之中，似乎泪水也被冻结。有的时候，真的需要一种直入心灵的温暖，让生命里那块无形的坚冰消融，化作滚滚的热泪，轻抚麻木的脸庞。

人的一生中有过太多的泪水，从儿时的啼泣到失去亲人的痛恸，或喜极而泣的热泪，或怆然涕下的悲凉，或满怀委屈的饮泣，或感动感激的哽咽，都牵连着记忆里最柔软不可碰触的种种。流泪的时刻，是一个人最真实最美好的时刻，所有的面具卸落，所有的伪装剥离，返还生命的本真。

泪水不代表软弱，麻木也不是坚强。欣赏于末路英雄于虎帐中泣下数行，动情于湘妃竹上斑斑的千年印痕，伤怀于送君南浦折柳而别的泪随江逝，悲惋于去国离乡怅然回首泪洒胡尘。那许多落泪的时刻，都会惊起沉眠于心底的许多美好情绪，顿觉生活竟是如此多感，又是如此多情。

泪水洗过的世界不染纤尘，泪水润过的心田不起茧壳。所以珍惜着每一次流泪的片段，伤痛也好，悲怅也罢，都能让心柔嫩如初。

三

井水已经越来越淡出我们的生活，也许有一天会成为一种传说。而那种最古老的水井，也已只是存在于记忆中的童年。它位于村中间，井台已磨得发亮，每日的清晨，家家户户的人都来此担水。那转动的辘轳，摇起一个又一个美丽的朝阳。

在乡下的岁月，全村人都喝着那老井的水。听闻老人所言，饮同一口井中的水，便是至亲，虽无血缘，却情深无比。在千里之外若遇同乡，那种情感便会瞬间喷涌。乡亲乡亲，这种亲就来自同饮一井水。就如同吃过一个母亲的乳汁，有着一种动人心弦的手足之情。

盛夏的时候，老井中的水极为冰凛甘澈，喝上一口，暑气尽消，全身清爽通透。每年的伏天，都会有人去井底清除淤泥，下至井底，竟有晶莹的冰存在。那样的时候，嚼上一块冰，实是赛过任何美味。

而冰封雪盖的严冬，唯一没有被封被盖的，就是那口老井了。白茫茫的大地上，井口如黑黑的洞口，俯视之下，水仍旧清澈静然，并未结冰。许多年以后，在世事的风霜中穿行，常想起故乡的老井，于是心中自有暖意，再冰冷的际遇也不能冻结一颗充满希望的心。

那一年回乡，村中的老井已消失无踪，连各家各户的手压小井也已无迹可寻，自来水流进每一个院落，让我的心怅然若失。井水饮处是吾乡，可我知道，心中的故乡，永远也回不去了。

四

"你是不是像我在太阳下低头，流着汗水默默辛苦地工作？"每次听到这样的歌词，总会于心底喟叹，人的一生中，要流多少的汗水，才能灌溉出生命中的幸福花开？

回想故乡的农田里，那一片肥沃之中，那一片秋黄春绿之中，蕴含着多少辈人辛勤的汗水啊！记得祖父的脊梁在太阳下布满汗水，一滴滴融进他耕耘了一辈子的黑土地里。每一片土地上，都有人在挥汗如雨，汗水打湿的心灵，那些渍迹水痕都是梦想中的美好图画。

累时流汗，是一种付出。而我们在疼痛难忍时，也会汗出如豆，那样的汗水中，蕴含着的是坚忍与执着。紧张时手心里满是潮湿，那却是担忧彷徨。人的一生中，当多流辛勤的汗水、坚忍的汗水，少淌亏心的冷汗，才是真正的付出与滋润。

每一颗汗珠里，都闪烁着动人的光芒，那是梦想是希望在燃烧。每一滴汗水中，皆映射着一生中最朴实而无悔的时光。

五

雷声响过，有雨点从空中洒落，渐成无边的帘幕，空气中的燥热一扫而空，尘埃皆净。片刻后，雨声渐沥，云层渐淡，最后一滴雨扑入大地的怀抱，阳光照亮所有的荧然。大地上的坑坑洼洼消失不见，全是闪闪发亮的水光。小鸡们从窝里跑出，争着去啄水里的那条虹。

成长的过程中，心中也有着太多的不平。于是渴盼一场生命大雨的降落，经受住暴雨的洗礼，会发现，心中所有的不平都已消去，转变成莹莹闪亮的美好所在。

在遥远的西部探亲时，正值盛夏，此处长年也没有一场像样的雨。有时满天乌云低垂，降下的，只是极短时间的一阵小雨，甚至连地面都未曾打湿。那里的人们却极珍惜每场小雨的时刻，这让经历惯了风雨起落的我很是动容。晴好的日子里，那里的孩子会提一桶水于空地中，把水向天上扬起，然后站在落下的水珠中，欢快地喊着"下雨了"。

是的，有的时候，生命干涸得久了，我们要学会自己制造一场降雨，不期望能漫流成河，那种喜悦却能使生命丰盈无比。

六

洪水滔天而来，冲毁了大堤，淹没了田地村庄。那一年的秋天，百年不遇的洪水侵袭着松花江两岸。我作为抢险救灾队伍中的一员，乘船去那些沿岸的村庄，搜寻没来得及撤出的乡亲。这一过程中见惯了凄凉的一幕一幕，深叹天灾之无情。也感受到了许多危难时刻的大爱真情，让我的心如洪水般久久不能平静。

后来，我曾重返那些村庄。洪水早已退去，面对那些断壁残垣，心中涌动着无尽的伤感凄然。而那一张张笑脸却映暖了心中的悲凉，乡亲们笑道："只要人还在，一切都会好起来！"

是啊，只要心中的希望一直在，就算命运的洪水再大也不会恐惧绝望，一切美好必会依依重来！

岁月的谜题

　　你不知道，别人在回望自己的青春时，当那些年轻的岁月扑面而来，会是怎样的一种感受。十六岁的青草地，闪亮的河流，如水的目光，风中翻飞的洁白衣裳，飘舞成梦想形状的长发，或者月光下的吉他，细雨中的沉默，长夜里的日记，这所有的片段，是否会有一滴落入你遥远的心湖，漾起层层叠叠的思绪？

　　也许你悄悄地告别了一场青涩的情感，蘸着泪和微笑，和着回忆的甜与迷茫的痛，把所有的心绪说给带锁的日记本。然后尘封，然后花季走进雨季，然后依然是汹涌而来的年轻日子，然后是数不尽的相遇和分离。于是某一天，你记起了一个古老的谜语，它或者出自哥哥姐姐的口中，或者出自伙伴们游戏之时。谜语中说，有一样东西，一刀砍断，却没有分开，依然是完整的。然后在许多次的错误之后，终于猜到了答案。

　　所有环状的东西，一刀断开，却不会分离，依然完整。于是你笑，笑这个谜语的精巧，然后再慢慢淡忘。

当你记起那个谜语的时候，虽然身畔的世界依然，或者物是人非，可你的心中早已沧海桑田。在尘世的奔劳中，或许你早已伤痕累累，或许心上已起了层层的茧。可是你却没有完全麻木，偶尔的时候，生命中还会涌起一种希望，虽然很模糊，却有着清晰的感动。本来你一直觉得，受过的伤即使痊愈，也会留下疤痕，即使再淡，也如一条鸿沟，隔断着许多美好。可是，在心里偶然感动的时刻，在梦想还在涌动的瞬间，你忽然就想到了那个谜语，也忽然就想到了另一个答案。

长长的来路上，在翠微苍苍的那一段，在清澈的时光中彷徨的我们，心中曾有着太多的疑惑，也有着太多的问题找不到答案。我知道，你也曾被某个问题困惑着，折磨着，你费尽心思去想答案，而等待你的，却是更多的问题。仿佛每一页日历，都是一个谜面，而谜底，不知在未来的哪一页上飘摇。

而当有一天，你终于想出了答案，却发现，答案已经可有可无，没有那么重要。甚至，那些问题早已消散在烟尘深处。或者还没来得及欣喜，却看到时过境迁，看到岁月早已更换了问题。那么，你就会觉得丢失了一些东西，却又想不分明，眼前的日子依然纷纷落下，埋葬着许多的过往。你觉得这一生都要在这样的过程中度过了，总是晚了那么一些时候，便再也无缘。

就像席慕蓉在《谜题》中写道："当我猜到谜底，才发现，筵席已散，一切都已过去。筵席已散，众人已走远，而你在众人之中，暮色深深，无法再辨认，不会再相逢。"

我们都是如此，有时候追赶着某些东西，追着追着，却发现它已经看不到踪影，或者已经面目全非。便总是失落，似乎我们所得到的东西，都是顺路而来，并非自己想要的。有时候，感觉伤感，并不是因为没有追到曾经希望的东西，而是因为忽然发现，我们失去了曾经那种澄澈而温暖的动力。

可是有一天，你的心里又重新感动起来，或者是源于一句话，一朵笑容，或者一次回忆，一次感悟。于是心上的茧壳片片剥落如花，心又柔软如初，希望也开始葱茏。于是微笑，不带着风尘，如花季里的那条河流。忽然之间，对于那个古老的谜语，有了一个不同的答案。

一刀砍断，依然完整，还可以是一颗充满希望的心啊！

这样一想，我们的心里都会充满温柔的感动。仿佛依然是在十六岁的河流旁，依然绿草如茵，依然白衣飘飞，心里的梦正年轻，脚步正充满力量。岁月的谜题还在，也许依然会彷徨，可是我们的目光那么明亮，便温暖了所有的路途。

倦　归

　　歪脖二叔赶着一群脏兮兮的绵羊从村西口走进来，杂沓的蹄音随着尘埃飞舞。歪脖二叔像一个刚率领千军万马打了一场战争归来的司令，他和他的部队带着慵懒的惬意，踩着一地的夕阳。我跟在这支队伍的后面，脚步缓缓，回头看了一眼，累了一天的太阳也在地平线处摇摇欲坠。

　　像我这样在外面疯了一天的野孩子有很多，都被家里升腾起来的炊烟牵着脚步回来了。和我一起进院门的，还有两只一直在外觅食的芦花鸡，七只排着队的鸭子，花狗摇头摆尾地凑过来，想借机跟我一起进到房里。外屋的厨房里蒸汽弥漫，大姐在大锅前忙活，二姐坐在灶口添柴。饭菜摆上了桌，父母才扛着锄头走进院子，进门前拍打掉身上的尘土，也拍打掉一天的疲惫。

　　三十多年前的那个院子里，每一个黄昏，都荡漾着同样的温暖，哪怕是在寒冬腊月，也是如此。回家，当脚步踏进家门的那一刻，所有的劳乏便都在欣喜中沉淀成一种值得，一丝欣慰。除了人们，院子里的那些精灵们，也似乎是眉眼含笑的样子。多年以后，我是怎样地想念曾经年轻的亲人们，也想念优雅的大鹅、大笑的鸭子、调皮的鸡、伶俐的花狗，还有一边拱着房门一边高呼的猪。

我也从没忘过我家的那些燕子，每一个敞窗而眠的夏夜，从檐下那几个温暖的巢里，总会溢出一串串的呢喃梦呓，轻轻地垂落在我的枕畔，在我梦里生长出许多关于春天的情节。那时候一到春天，当封闭了一冬的窗子敞开之时，当东风和阳光满屋溜达，我就开始在天空中寻找它们的身影了。飞过山山水水的燕子们，疲倦中带着兴奋，它们似乎并不怕累，翅上的风尘还未散尽，就开始忙碌着衔泥补巢，或者衔草絮窝。

后来，后来我多羡慕那些燕子啊，不管隔着多少山水，隔着多少云路与光阴，它们总能回家，它们的疲倦总有归处。可是我呢？当我走出半生，却再也回不去故园。那里已不是我的老家，那个院子里不再有我年轻的亲人，那些禽畜燕子也不再识我，就算我一身客尘地归去，也无法安放沉重的心灵。

其实，我从来不怕苦与累，不怕天遥地远，不怕光阴如电，也不怕年华老去，我只怕迷失了归途与归处。而更无奈无力的是，从出发的那一刻起，我就知道，再也回不去了。不只是我，所有人都是如此。如果是这样，我们奔走一生的意义在哪里呢？

前几天的时候，女儿们难得放了两天假回来，她们高考在即，忙忙碌碌，劳劳累累。她们高兴地进门，惬意地卧在沙发上，仿佛所有的苦累这一刻都飞去无踪。刹那间，我忽然明白了意义所在。虽然我无法回到故园，虽然我无法再回到父母相伴的岁月，可是，我的孩子们，现在正满心欢喜地回到家，回到我的身边。我们，就是孩子们的归处，在这一段岁月里，接纳他们的种种，安放他们的疲惫。

每一个人都是如此，从一个倦归的孩子，在时光里奔走成孩子们的归处。这，就是最美的无悔，就是最动人的意义。

灶边往事

我正坐在炕上的窗台前闲翻一本小人书，敞着的窗外正是夏日的黄昏，长长的风从南边的大草甸上奔跑过来，夕阳从西边的檐角斜斜地跳进来，唤醒了一些影子。抬起头，看见南园土墙的短栅上，两只红蜻蜓正落在栅尖上，透明的翅在风里微微颤动。

听见妈妈一声呼唤，我便飞快地下了炕，跑到房后的柴火垛前。抱着一捆干枯的玉米秆，一股浓浓的旧香，就像拥抱着去年的秋天。几只小鸡跟在我身后，在掉落的碎屑里仔细寻找着。将柴火堆在南灶边，拿起几根塞进灶坑，火柴头哧的一声绽放出一团火花，灶坑里的柴火便被它的热情点燃了。一股浓浓的烟也活泼起来，在灶口探头探脑地窥视了一下，便缩了回去。一小会儿工夫，火焰就旺起来，我一边摇着风车一边往里续柴，红红的火舌热烈地舐着锅底，锅里的水渐渐地便开始以笑声来回应。然后，一些白白的蒸汽就从两个半圆形的木制锅盖的缝隙间，丝丝缕缕地钻出来，汇聚在一起，变换着不同的形状。

我家的外屋，有南北两个灶台，各连通着两个屋里一大一小两铺火炕，灶台上是很大的锅。每当妈妈做饭的时候，外屋里就充满了温暖的烟火之气与饭菜之香。我喜欢烧火，喜欢看着柴火变成我想象的样子，喜欢摇风车，看风车向着灶膛里不停地吹着气，挑逗得火苗们更加欢快。坐在松软的柴火堆上幻想联翩，有时会有一只狡猾的鸡从门缝溜进来，小心翼翼地巡视着，并做出一副随时逃走的姿态。

当我拿起一根玉米秆往灶坑里添送的时候，那只鸡被惊得叫了一声夺门而出，与正涌进来的一股清香撞了个满怀。我闻到那股清香，便也跑出门，那只鸡更是慌乱，跳上墙头没了踪影。走进南园，在靠东墙的地方，两排玉米正在晚照和风里招摇，我不顾老嫩地掰下一穗玉米棒子，便又跑回外屋。灶坑里的火只一小会儿没有看管，便调皮地想跑出来，赶紧又添了几根玉米秆把它们哄回去。我把带皮的玉米棒子插在铁钎的尖上，伸进灶膛，让它加入那个欢乐的国度。大铁锅里的水已被妈妈换成了菜，此刻正炖得兴起，香味争先恐后地挤出来。

又胡思乱想了一会儿，一缕不一样的香味，便把我构建的幻想世界冲击得破灭了。铁钎的这一端都有点儿烫手了，我把它抽出来，在地上扑打了一阵，玉米穗外面的那几层已经快成了灰的皮，便脱落得差不多了。把玉米穗拿下来，不顾烫手，用干枯的叶子用力擦了一会儿，它脱去了一层黑乎乎的衣服，香味更是浓郁起来。正好姐姐们回来，我们便把玉米穗掰成三段，都吃得满嘴满脸的黑。锅里的菜已经熟了，而灶里的火也玩得倦了，慢慢地收敛了回去。姐姐们找了几个很大的土豆，埋在灰烬里。然后我们洗手洗脸，准备吃饭。

晚饭后，我和姐姐们都各自去找伙伴玩，直到天都已经黑透了，才踩着一地的星光回来。临睡觉前，忽然都觉得饿，才想起那些埋在灶坑灰烬里的土豆。于是都跑到灶台那儿，用掏灰耙把土豆们还带着温度的被子掀掉，于是土豆们就醒了，纷纷打着呵欠，屋里立刻弥漫开诱人的香味，把灯光都冲得淡了，却把饥饿冲得更浓了。把土豆扒拉出来，抖掉灰，再扒去外皮，掰开，露出里面松软的肉来，香味越发温暖而浓郁。

第二天的中午，我依然在灶前烧火，这次烧的是豆秸，也就是黄豆秆。因为黄豆秆比较细，所以燃烧起来迅速。于是我坐在灶口，一边添火，一边扒拉着豆秸，把一些隐藏起来的黄豆粒拣出来。它们很狡猾，躲过了秋天的大搜捕，此刻和我捉起了迷藏，却依然被我一一逮到。正乐此不疲地清点着我的战俘，忽然房门被拉开了，阳光先钻了进来，花狗比阳光慢了一步，然后是一片说笑声紧随其后。我站了起来，那些俘虏被我顺手关进了口袋里。

进来好些人，都是县城里或者镇里的亲戚，有二舅二舅妈、大姨大姨父，还有本村的大舅三舅老舅。最让我欣喜异常的是，大姨家的表哥也来了。他比我大一岁，每一次来，都会给我带来一些好玩的东西，带来许多城里的故事。屋里一下子热闹起来，亲戚们聚得很全，是为了参加后天三舅家表哥的婚礼。我和表哥在屋里听了一会儿，花狗也在众人的大腿间穿梭，便都觉得无趣，于是一起走出房门。太阳明晃晃地在头顶挂着，满园的果蔬吸引着不怕热的蝴蝶蜻蜓，几头猪饿得声嘶力竭地叫，这一切都牵绊着表哥的目光，城里见不到的，却是我熟视无睹的。

好不容易把表哥四处投射的目光折断，我们来到村西高冈处的一片小树林里，丝丝缕缕的风挽着阳光，从浓密的枝叶间渗透滴落下来，洒了我们一身，顿时凉快了许多。表哥从口袋里掏出两把塑料小手枪，送给我一支，里面装了一些塑料球形小子弹，一次可以发射一颗。于是我俩开始射击，跟着来的花狗身上不知中了多少弹，却浑然不觉疼一般，依然身前身后地乱窜。终于子弹打光了，一时不知怎么办，忽然我想起口袋里的那些俘虏。放进枪里大小正合适，且比塑料子弹重，射得更有力。终于，花狗支持不住了，落荒而逃。

由于来的人太多，亲戚家里的炕都住满了，却依然不够。于是打地铺，这对于我们是很有吸引力的一件事，我和表哥最终争到了睡地铺的资格。在外屋的地上，先垫了一层柴火，又在上面铺了很厚的褥子，我和表哥躺在上面，感觉无比的踏实。以大地为床，感觉房子一下子变得大起来。

屋里两铺炕上躺满了人，当他们的说话声渐渐隐没下去，一个奇妙的世界便轻轻升腾起来。躺在大地的怀抱里，感觉自己也成了大地的一部分。身旁不远处就是灶台，依然散发着淡淡的烟火气息。窗外黑沉沉的一片，偶尔花狗跑动的声音，如夜色里的涟漪，悄悄地荡漾进我的耳中。越来越静，静得可以听到身下的柴火里，似乎有什么小精灵正在偷偷地活动。空气中静止着的干柴火的味道，干净而散淡，随着我们的呼吸也慢慢地生动起来。

我们两个静静地体味了一会儿这难得的情境，便开始小声地说起话来。随着我们话语的回荡，那个奇妙的世界便隐去了，又一个美丽的世界诞生出来。我问着表哥城里的事，他讲得认真，我听得入神，想象中的世界和现实的夜色融合起来，似乎就要酝酿出一个崭新的梦。而灶台就在我们身畔沉默着，仿佛也在倾听，也在酝酿。有着一种神秘感，觉得会在某个时刻，它会突然插言进来，给我们讲一段神秘的故事。

什么时候睡着的，可能只有檐下垂着的月光知道。张开眼睛的时候，天已经亮了，大人们已经起来了。房门开着，清凉的风已经走了进来，然后花狗也走了进来，在我们两个的身边转来转去，似乎很好奇的样子。灶台也脱去了夜的外衣，那种神秘感消失了。仔细回想，肯定是有梦的，只是已经记不分明。那些梦是从身下的大地上直接生长出来的，美好的内容太多，一时把记忆拥堵住了，也许会在以后的日子里一一回想起来。

于是，在好久以后，某一天，忽然就真的记起了在灶边睡地铺时，一个梦的片段。我梦见了冬天，在灶边烧火时，和花狗一起坐在柴火堆上，热烈地说着话。想来很是好笑，花狗是最沉默的朋友，除非是发怒时大叫，可它在梦里居然和我有说有笑。

我真的最喜欢冬天的时候，雪花和寒风在门外簇拥着，花狗总是在人开门的时候，伺机溜进来。它抖落掉一身的雪，便卧在我身边的柴火堆上，灶膛里的火苗在它的两只眼睛里亮亮地伸缩跳跃，它惬意地轻轻扑打着尾巴。一会儿工夫，锅里的白气便填满了屋子，花狗的嘴巴伸向空中，鼻尖抽动着，去捕捉那丝丝缕缕的饭菜之香。我不停地给它讲故事，它只是目光炯炯地看着我，偶尔摇尾巴，并不开口说一句话。最后气得我指着它的鼻子大骂，朽木不可雕也，它真是一点儿童话感都没有，便把它重新驱逐回风雪中去。

与灶台相对的墙边，是一溜儿大缸，上面压着巨大石块的两个，是酸菜缸。挨着它们的，是大酱缸。酱缸本是一直在南园里的，天冷了以后，便挪回了屋里。然后是我最喜欢的水缸。每天的清晨，起来后，我都会跑到外屋，拿起水舀子，打开水缸盖，水面上已经结了一层不薄不厚的冰，用水舀子磕破冰面，捞起一块冰含在嘴里。刹那间，迷梦的余绪就被驱散，一缕冬天进入体内，身心便与门外的冬天相接。喜欢那种感受，感觉自己和冬天融在了一起。

中午在灶边烧火的时候，我把风车摇得飞快，看着风与火在灶膛里纠缠着扭在一起，暖气扑面而来。正想着一会儿是在灰堆里埋土豆呢，还是去外面雪地上扣一只麻雀来烧呢。抬头间，看见妈妈从酸菜缸里捞出一棵大酸菜，此时的酸菜已呈琥珀色，不再是它当白菜时白绿的形象。妈妈把酸菜叶一层层地剥下来，剥到最后，剩下一个小小的菜芯儿，递给我，我立刻宝贝似的接过来。酸菜芯是顶好吃的东西，嫩脆酸香凉，我和姐姐们在做酸菜时，经常争抢着吃。

有时候，时光就像灶里的火光般，闪亮火热而易逝。我记得许多故事，都是大人或者姐姐们讲的，就着那种暖，那种光，那种朦胧的香气。印象最深的，是《杨家将》里的一个小故事。天波府里有个烧火的丫头，叫杨排风，后来一鸣惊人，武艺高强，善使一根烧火棍，大破辽军。有时候一想到这个情节，便心里火热，拿起冒着火星的烧火棍挥舞，却也只能使花狗胆战而逃。

可是，随着时光的走远，许多被火光映亮的情节都在悄悄淡去，只余灰烬里的星星点点，而在彼时彼刻，那些未曾真正在意的细节，却越发清晰，渐渐地点燃了更多的眷恋。后来的后来，回想得更多的，却是母亲长年在灶台边忙碌的身影。曾经的母亲，就这样在锅碗瓢盆交织着的烟火岁月里，走过了年轻的时光。也许，这才是我真正的怀念。

多年以后，不知老家的灶台还在不在，多想再次点燃它的热情，与它温暖相对，在火光里讲述与倾听。那些随着光阴而愈加繁茂的往事，都带着红尘里的烟火气息，带着平凡的温度，一次一次，焐热我在生活里日趋冷寂的心。

把心扔出窗外

　　我想，大多数人都有过这样的经历，从窗子跳出，奔向一种呼唤，或者从窗口爬回屋里，带着一种窃喜，一丝满足。儿时的记忆已漫漶，说起跳窗户，总是初中时的那个场景。

　　当时已从乡下搬进县城，我也转进了县里的中学，坐在教室最后一排。当时班级比较混乱，不学习的人很多。那个下午，正上地理课，初夏的阳光和风从窗外扑进来，转头看，操场上有人在踢足球，便心生羡慕。趁老师转身在黑板上写字，有两个调皮的男生偷偷从窗口飞快地跳出去。眼看着他们在操场上痛快地踢球，我便觉得心里长满了草，招摇着一种渴望。

　　记不清在哪里看过一句话：要想翻过一座很高的墙，就先把帽子扔过墙去。也许是有了牵挂，也就有了动力。而此刻，我觉得，我是把自己的心先扔出窗外了，那种动力便更大了。终于，在老师转身在黑板上写字的时候，我飞快地跳上窗台，还不忘转头看一眼老师，不想老师正回过身来。那是我最惨的经历了，领略到了传说中地理老师的惩罚手段。

老师让我从窗台上跳回教室，再让我跳上去，然后再跳下来，就这样上上下下，折腾了我半节课，最后我累得蹲在地上，打死也跳不动了。我记忆中第一次跳窗户，就以这种惨败而告终。

看书的时候，总会看到那样的情节，某个夜里，主人公还没睡，忽然听到轻轻的敲窗声，打开窗，一个伙伴正等在外面，于是小心翼翼地爬出去，开启一段深夜里难忘的情节。在几年之后的大学生活里，有人深夜敲窗，竟是把我吓了一跳。

住在一楼的宿舍，那是一个夏夜，过了零点，我去厕所。厕所在走廊尽头，完事之后要离开时，忽然听到敲窗声，声音不大却很清晰。立时之间，看过的恐怖片情节都涌上心头，便悚然一惊。那声音有些急促，终于，好奇心缠住了想要逃走的脚步，向窗口望去，玻璃后有一张模糊不清的脸。壮着胆子走过去，看清是一个别班的同学，他比画着让我打开窗子。窗子打开后，他灵巧地攀上窗台，跳进来，说了声"谢了"便扬长而去。

只有这个厕所的这扇窗，铁栏杆脱落了，可以进出。

每晚十点宿舍断电锁门，隔断进出，而我无意间的这个发现，便在无聊的夜里打开了一扇通往自由的窗。每逢周末的夜里，查寝熄灯锁楼之后，便和寝室中有着同样心思的伙伴，穿好衣服直奔厕所。第一次从窗子跳出，落地的刹那，有着一种困鸟出笼的自由与兴奋。有时候是去学校北面的河边，感受那座小桥上的长风月色，更多的时候，是去校外的一个通宵电影院，一直看到早晨再回来。

有一次，我看得实在又累又困，便自己回来，从僻静处翻墙进校园，只是到了宿舍楼时发现，不知是谁把厕所那扇窗户给关上了，用力推了几下纹丝不动。此时已是凌晨两点多钟，估计是等不到有上厕所的同学了，但还是敲了几下玻璃，却是久无回应。只好转到自己寝室窗外，屋里只剩下一个室友，这人睡得很死，都能听见他的呼噜声，估计敲也惊不醒他。幸好窗户开着，我捡了一些小土块，隔着铁栅栏往他的床上扔，扔了几次之后，听到他的呼噜声消失了，又扔了一下，便听得这家伙惊叫了一声，我才轻喊他。他迷迷糊糊地去厕所打开了窗，第二天这人居然还问我们："昨晚是不是有人叫我开窗户了？"

告别了学生时代之后，便很少有以窗为门的时候了，偶尔几次，也并不是因为窗外的一种吸引，经常是因为忘了带钥匙。在某个夜里，忽然梦见年少的时光，醒来时夜正深浓，看着窗外的黑暗，仿佛又听到了一种召唤。

我多想再把自己的心扔出窗外，然后轻轻巧巧地跳出去，去赴一场神秘的相约。

雨　痕

满窗游走的雨痕像蜿蜒的泪痕，目光陷进去，总会看到一些湿漉漉的往事。少年的我就坐在窗后，被一场雨牵扯出无尽的乡愁。虽然是从四十里外的乡下搬进县城，可对于在泥土里翻滚了十几年的我，却觉得路隔云泥。就像眼前的这场雨，一出发就再回不去了。

雨停了，太阳约出了心底的明媚，我从那一窗雨痕中摆脱出来，跑到外面去。墙脚那丛很茂盛的草更绿了，狭长叶子上的雨珠融着天光云影走进了我的眼睛。忽然觉得，这是这场雨美好的足迹。小街上流淌着雨后的草气花香，被雨熄灭的小贩的吆喝声又生长起来，湿润的尾音扫过我此时此刻易感的心。

我站在小街的角落，等着声音的主人。一直等了很久，那个身影才出现，她提着一个大铁盆，明显淋过了雨。我迎上去，接过大铁盆，喊了一声"妈"，心里的惭愧丛丛簇簇。不只是惭愧在下雨时没有想起母亲，更是惭愧我不愿意从母亲面前经过。初搬来县城的日子里，我们的生活是艰难的，母亲在街角卖鱼，每天每天，风中雨里。此刻，面对母亲满身的雨渍，我为自己觉得母亲卖鱼丢人而疼痛。

就那么无言地走着，母亲说："你看！"东边的天上，画着一道很粗的彩虹，母亲没有用手去指，我也没有，很小的时候，大人就告诉我们，不能指彩虹，会烂手指。彩虹写进了母亲的眼睛里，像缤纷的希望。我知道母亲早发现我放学绕路，我也知道母亲没有怪我。此刻的彩虹，才是雨留下的最美印痕，我和母亲站在彩虹底下，仰着头，都嗅到了生活的芬芳。

多年以后，在黑土地上野惯了的双脚，终于在城市的柏油路上扎了根，然后我明白，那个村庄再也回不去了，即使回去，也匆匆成客。也不知是哪一场雨，在我心底留下了不可消散的沧桑。就像我经常梦见的老宅窗下的那条水泥地，不知路过了多少年的雨，雨的脚印已经深深。而我心底路过的那些场雨，同样镌着不可磨灭的种种，连时光都漫漶不了它们。

多年以后，母亲也老了，随着那些劳累的岁月。我不知道母亲还记不记得那场雨，还有那一道彩虹。而我，在从少年匆匆奔向中年的光阴里，不管经历了多少凄风冷雨、狂风暴雨，可我和母亲共看的那道彩虹，一直印在心上。虽然我明白，不管是怎样的心情心境，最终都会从各种际遇中走过来，可是，心里有那么一道彩虹，还是会照亮许多黯淡吧？

有时候，想到遥远的岁月，想到遥远岁月里年轻的母亲，我竟然会像孩子一样偷偷流泪。原来在光阴里消逝的，如出发的雨和启程的泪，都没有归途，也没有归期。可是，那些曾经的雨痕泪痕，在生命中，总会留下一种爱与暖。

人生有梦才孤独

人间道场，每一程光阴都是朝圣，山川庄严，大地温柔。渐行渐远的身影写满了风尘里的萧瑟，决然的足音敲响着长路。无数条路，无数个身影，却是不相干的孤独。也许，这种孤独只是我们眺望时的感受，那些远行者或许不会感到孤独，或者根本想不到孤独。只是，不管有没有感受到，或者想没想到，只要远行，那种孤独就一直在。

与自己相拥，才是真正的温暖；与自己同行，才能走得更远。人生有梦，就有了方向，有了方向，就不会彷徨。路曲而心直，那样的情境中，孤独也许也是一种相伴，是身与心的契合。就像遥望那些古老的星系，在亿万光年之外，也在亿万年之前，灿烂着，寂寞着。外表愈繁盛，内心愈孤独。

长路上有一种孤独，来自茫然与麻木。这个时候，孤独就不再是一种相伴，而是一种折磨。多年前我曾写过两篇小故事，都和鱼有关。

一条鱼很小的时候被捕上来，作为礼物送给了一个小女孩。它被养在精美的鱼缸里，它长大些后，鱼缸就显得狭小，它就不快乐。于是女孩换个大些的鱼缸，可是当它长得再大一些后，每次游都能碰到缸壁，它的心情就会黯淡下来。后来它越长越大，便静静地悬浮在水中，不游也不动，甚至连食物也不怎么吃了。女孩看它很可怜，便把它放回了大海。

　　它在海中不停地游着，心中却一直快乐不起来。一天它遇见了另一条鱼，那条鱼问它："你看起来好像是闷闷不乐啊！"它叹了口气说："啊，这个鱼缸太大了，我怎么也游不到它的边！"

　　无梦的孤独，是一种无形的困围，即使给一片大海，也依然没有自由的感觉。很多时候，无梦缘于无知，就像故事中那条鱼，它根本不知道海为何物，所以它觉得海只不过是一个更大的鱼缸。就像不知梦想的人，即使把他放在梦想之中，他也觉得那是一座牢房。

　　与世界格格不入，有时候并不是高贵的孤独，更可能是无知的坚持。无知不只会诞生愚蠢的勇气，还会让错误的认知上升成盲目的信仰，觉得自己远迈众人，觉得举世皆醉我独醒。

　　另一个故事。

　　一条鱼不停地在海中寻找，疲累至极，后来它去问鱼王，人们说的大海到底在哪里，它怎么一直找不到。鱼王告诉它，海既在你身内，又在你身外，因为你离海太近了，反而感受不到它的恩惠。从现在开始，在心里装上对海的热爱，你就会感受到它的美丽了。

　　这条鱼恍然大悟，每天在美丽的海中畅游，快乐无比。

更多的时候，我们的心，就是那条在海中寻找海的鱼。比第一条不知海的鱼要幸运一些，这条鱼有目标，虽然它迷茫，可是会在被提醒中把心打开，然后发现，以为远在天涯的其实都近在身畔，于是热爱与美好生生不息。在世事劳劳中，凝思与回眸，有时比眺望远方更重要。

人生的长路上，梦是唯一的行李，可是，可以相伴的美好有许许多多。爱，就是永远的相伴，它不是一种负荷，它只是一种暖。眼中有一分爱，心中便有一片海。我们会发现，即使尘土满怀，风儿还在牵挽人衣，月儿依然醒在黎明，让太多于重山叠水中等待峰回路转的日子，变成最美的晨昏朝暮。

孤而不寂。一抬头就嗅到阳光的芬芳，眼前都是希望，身后都是风景，心一直是美好与美好的衔接处。一生为了心尖上的那一点儿暖而奔波，哪怕憔悴在风里，哪怕跌倒在尘埃里，也再不会熄灭被梦点亮的目光。

有梦的孤独是这样的：除了脚步，没有路；除了心，没有方向；除了热爱，没有生活。

折折叠叠的旧光阴

"折一千对纸鹤，解一千个心愿，梦醒后情缘不再飘零，我的心不后悔，折折叠叠都是为了你……"

二十世纪九十年代的某个夏天，大朵大朵的阳光盛开在小城的每一个角落，满街的商店都在播放邰正宵的这首《千纸鹤》。歌声随着长长的风断断续续地溜进教室，正在午休的我们却毫无困意，很多人在叠千纸鹤。各种颜色的方形纸片，经过几次折叠之后，便成了一只展翅的纸鹤。听着隐隐约约的歌声，每个人都折得很用心，脸上轻轻流淌着笑意，不知心里在想念着谁。

悄悄的情感是青春里挡不住的河，映着最清澈的天光云影。初听这首歌时，我们都很动心，却是没人会叠千纸鹤。恰好那个时候，我刚刚在《中学时代》杂志上发表了一篇文章，每天都会收到十几封来自全国各地中学生读者的信。那个中午，我拆开一个信封，里面淡粉色的信纸竟然叠成了一只鹤的模样。这让同学们都兴奋不已，一个手最巧的女生拿着信纸反复看了一会儿，然后小心地一点点地打开，细细地记着每一个步骤，再根据记忆和折痕复原。只一次之后，她便用一张方形的普通白纸成功地折出了一只。于是，便引发了全班学习的热潮，每个人心底的那种朦胧的期盼，都化作小小的纸鹤，不知将要飞向哪一颗心。

我不知道当初的那些少年，有几个折满了一千只纸鹤，虽然我也没有折多少，可是却放飞了不知多少种心情。就像我看那些中学生读者的来信时，所体会到的那些青春里的百般滋味，或迷茫，或彷徨，或伤感，或喜悦。他们通过一纸素笺，把这一切放飞向未知的远方。

而且我惊喜地发现，那些信纸都折成了不同的形状。除了千纸鹤，还有相思树、同心结、一颗心，或者把一角折成带皱褶的花瓣，还有小房子，真是种种美好，一次又一次点亮我心底的梦。于是每一种形状，我都学着折，给别人写信时，便用上了不同的折法，希望我的信在未被展读之前，先给别人一种意外的喜悦。

再早两三年的时候，我读初中。一个周末的午后，邻家九岁的小女孩跑来敲窗，给我看她新折的幸运星。各种颜色，颗颗饱满，小巧玲珑，一时喜欢不已，便让她教给我。于是，在落满阳光的窗台上，我们两个不停地把一条条彩色的纸带，变成心底最灿烂的星星。小女孩告诉我，幸运星要折一千颗，装在玻璃瓶里，送给想祝福的人。

那个夏天，我折了远不止一千颗幸运星，却是没能把它们送出去，没能让它们照亮一双眼睛、温暖一颗心。后来，突发奇想，就用结实的细线把它们穿起来，穿了无数条，挂在门框顶上，就成了别致的门帘。有时候我半倚在床上，心事缠缠绕绕间，偶然抬头，就看见那些星星在阳光下闪亮，在清清的风里微微摇曳，星星们相互碰撞着，记录着夏日里的情节。可我多希望，我的心也能和另一颗心轻轻地碰撞一下，看看是不是也会生长出比梦更美的情节？

更早的从前，我还是更小的少年，生活在乡下，那时候也经常折纸。只是，那是更简单的东西，飞在风里的纸飞机，身上驮着的，只是长风阳光，和一种最单纯无忧的心情，不像多年后那些在心底飞舞着的千纸鹤，蕴含着太多默默的情怀和思念。或者悠悠于水里的纸船，把我多彩的憧憬送到梦想中如传说般美好的彼岸，不像初中时那个夏天的幸运星，轻摇着，却载不动许多无法说出口的悄喜与轻愁。

忽然想起，在乡下的每个端午节前一天，我们都会跟母亲一起叠纸葫芦。一片片彩纸，在我们的手上，在我们欣喜的目光中，变成一个个近似正方体的形状，两侧还各带有一小对像翅膀的东西，再在下面吊上一条彩色的穗子，葫芦就成功了。端午节的早晨，每家的孩子都把折好的葫芦连同新采来的艾蒿，挂在屋檐下，美丽成朴素岁月里我们心底的眷恋。

俱往矣，那些简单而幸福的日子，回忆的浪潮洗不去心底的沧桑。如果可以，我多想在如旧的时光里，把自己所有的心情，所有的流连，折叠成一个永远的家园，好让我在这纷纷扰扰的世间，心灵有一个温暖的归宿。

在寒冷里打捞温暖

　　小时候的冬天是极寒冷的，虽然隔着数不清的岁月，我们总是会把一些感受放大，可那时是真的冷，比现在要冷得多。东北大平原上，西北风日夜不停地狂吼，经常是一觉醒来大雪封门。我早早地背着书包出门，伴着嘴边一团团的雾气，蹚着厚厚的雪去村中间的学校，看着雪地上并没有别的足迹，便放下心来。

　　今天是轮到我去班级点炉子，为此我已在家练习了好几天。砖搭的炉子在教室正中间的位置沉默着，排烟的炉筒子拐了几个弯把头探出了墙外，它们正等着我去点燃冷却的热情。教室后墙边码着一垛黄豆茬，还有苞米瓤子，这就是我们的燃料了。当我手忙脚乱鼓捣了许多之后，炉子才接纳了我的火焰与希望，慢慢地燃烧起来。我坐在那里，拿着炉钩子不停地捅着灰，而同学们也陆续来了，裹着一身的寒气。

　　来到教室早自习，拿出钢笔写字，却发现笔尖只在纸上留下划痕，我们知道这是笔里的墨水冰成冰了。便张开嘴，把笔尖放在嘴里不停地呵气，再不行就拧开钢笔，用手去焐冰得硬硬的墨水囊。纸上的划痕渐渐有了断断续续的墨痕，然后悄悄地流畅起来，就像翻山越岭后一片坦途。

小小的火炉并不能让偌大的教室全部暖和起来，而且总是无缘无故地熄灭，或者处于半死不活的状态，再或者从炉盖上冒出滚滚浓烟，再加上窗户封闭不严，上课的过程中，我们冻得不停地搓手。老师经常是忽然停下讲课，让我们跺跺冻得发麻的脚。于是教室里充盈着我们整齐的跺脚声，还有欢快的笑声。

下课后，都去操场上扫雪，这是我们最快乐的时刻，劳动只是游戏过程中顺带干的事。当操场上厚厚的雪，变成几个靠边站的大雪堆，我们的汗已经和笑容一样旺盛了。凝固在空气里的寒冷，被笑声融化。回到教室，带着愉悦的余绪，听老师滔滔不绝地讲课文的中心思想。

铃声一响，我们欢呼着冲出教室，外面已经有了淡淡的阳光，被我们的目光追逐着，在雪堆上乱窜。阳光也爬满了教室的外墙，我们争抢着最好的位置，最后靠墙站成一排，两边的人都用力向中间挤，其实是为了取暖，我们叫"挤香油"。直到中间某个人被挤得受不了倒地或者逃窜，我们才一哄而散，拥进教室。在后墙的豆茬垛旁，捡拾一些遗留下来的黄豆粒儿，放在炉盖上烙，不怕烫地用手滚动它们，快熟的时候，丝丝缕缕的豆香便把更多的人牵引过来，无数双手便伸向炉盖，那些豆粒儿瞬间被瓜分一空。

冬天放学早，因为天也黑得早，不到下午四点，天就已经黑透了。短短的回家之路，却被我们走成了漫长。一路打着雪仗，脚印在积雪上杂沓往复，当看到家里的炊烟时，天已经擦黑了。

那个时候，和多年以后，天擦黑的时候，我都会想起更久远的事。那时我们刚搬到这个村子，借住在表舅家的西屋里。冬天特别冷，我的手脚耳朵都冻肿了。通常是不到下午四点，我们就已经钻进被窝，听一个收音机里的广播剧，然后心满意足地睡去。那是我们温暖的时刻，更温暖的，是远在外地工作的父亲来信，我们在烛光下读信，或者写回信。回信是姐姐们写，当时我也能写许多字了，也会在信上歪歪扭扭地写下一小段思念。于是那样的夜里，连梦都被父亲的目光映暖。

在那些冬天里，我多盼着快些长大，然后似乎只是刹那间，一切就都随时光遥远了，我就长大了。

悠然三种笑

很喜欢岑参的几句诗："花门楼前见秋草，岂能贫贱相看老。一生大笑能几回，斗酒相逢须醉倒。"确实啊，"尘世难逢开口笑"，似乎这半生这一世，当走过童年和少年的天真之后，那样大笑的时候真是屈指可数。

开怀而笑，那样的时刻，心里并不拥挤着扰攘，也不凝固着沉寂，心与万物相通，才会笑得那样清澈而舒畅。更多的时候，我们看到的，却是老人或孩子经常那样大笑。孩子是无忧的，老人是通透的，可在孩子与老人之间那漫长的年代，我们却很少那样去笑，或者说，根本无法那样去笑。

我们的心被塞满了各种东西，说不清梦想还是欲望，辨不明积极还是疲惫，总之在劳碌的土壤中，很难生长那样响亮的笑声。有时候虽然笑得很响，声音却是那么苍白。偶尔机缘巧合，真真实实地开怀大笑一次，就会觉得，那样的笑，竟洗去了太多沉重的尘埃。

和开怀大笑不同，会心而笑却是从心底流淌出的一脉细流。或者久别重见相对莞尔，或者渡尽劫波相逢一笑，甚至独对一朵花，闲望一片云，凝神一棵树，或者于书卷中怡然有所得，心底的感动便会自然生长成脸上的笑意。虽然浅浅淡淡，却又那么意味深长。

　　会心而笑，是可遇不可求。会心，是忽然有会于心，是在最不经意的刹那，某些东西便柔软地触动了心里的那根弦。那是只有自己懂得的懂得，也只是只属于自己的美好瞬间。若是与他人会心一笑，那便是两个人的懂得，只属于两颗心的美好。会心，与心相会，或人或物，或世间任意种种，走进了心底，便漾起了笑纹。

　　我喜欢看到别人独坐，然后忽然浅笑，也喜欢自己在发呆的时候，便笑意盈然。

　　"睡起莞然成独笑，数声渔笛在沧浪"，那是比会心一笑更动人的生动，那是真真正正自己生长出来的笑，不借助于任何外物。那样的莞然独笑很动人，就像一朵默然绽放的野花，只是丰盈了自己，并不为了点染别人的眼睛。

　　或许是想起了什么久远而幸福的情节，或许是悟通了某些带着执念的事，又或许是什么也没有想，只是在那个刹那，便觉身心俱净，笑意自然涌动。于是脸上的涟漪唤醒了时光的涟漪，身畔的种种都在笑意里静默成温柔的背景。心里的负荷纷纷卸落，阳光一拥而入。

　　多美好啊，所以，从少年到老年，中间这么多的岁月里，或开怀大笑，或会心一笑，或莞然独笑，都是光阴里的珍珠，是一颗心包容着世事的坚硬与苍凉，最终孕育出来的灿烂。

余生我会多笑，希望你也是，笑出了皱纹，笑弯了腰，也笑散了苍凉，笑暖了沧桑。

幸好没有丢失那对翅膀

就在某个黑暗如牢的夜里，忽然想起那个故事。并不是受到什么触动，而是在那个刹那，就闪现出那些情节。虽然早就忘了在哪里看到，虽然模糊了许多细节，可是却宿命般给了我一些希望。

尽管没有身处山穷水尽，尽管也没什么磨难挫折，但命运依然总在冥冥中问我：这是你想要的生活吗？这是你想要的生活吗？仔细想想眼下的生活，再回想曾经的一些愿望，这就应该是我曾经想要的生活吧！可是，似乎又差了些什么。所拥有的是曾经梦想的，梦想并没有一步步滑向欲望，我也有着应有的那种满足感。差在哪里呢？忽然明白，也许就是差在了心境与心情。

也许是习惯使然，不管怎样的生活，习惯久了就成麻木，麻木了，就丧失了激情。其实经常是这样，我们历尽万水千山，冲破艰难险阻，抵达了心心念念的生活，却似一头撞进了牢笼里。而且这种困囿，是不知不觉无声无息，待到发觉时，已深陷其中。

故事中说，他是一个有着超能力的人，不管怎样封闭的牢房都关不住他。就算把他四肢捆绑，扔进无窗的铁屋里，再把门焊死，那是真正插翅难飞的环境，而他第二天也总会出现在外面。这让所有人不可思议，认为这就是神的力量了。后来他在得意之下说出了自己的超能力，那就是不管把他关在哪里，他睡着的时候，只要梦见外面，醒了就会出现在外面。他说，他的梦就是一对神奇的翅膀，可以带他飞出任何牢笼。

原来梦有着这样神奇的力量，细细想来，这应该是人人都可以拥有的超能力。只要有梦，就没什么能困住我们。可当我们抵达了某个梦想的终点，那个梦似乎就结束了，于是就被桎梏在那里，甚至有人一生都蹉跎在那里。

而那个故事接下来的情节就是，当人们得知了他的超能力，便不再想抓他禁锢他，反而是对他特别好，每天都好吃好喝地供着他，有求必应。这突如其来的生活，让他极为满意，他每天享受这种生活，渐渐地无忧无虑无求。忽然有一天，他被人们再次绑起，扔进了牢房。他在震惊之余却也没当回事，可是睡着后竟然没有梦，一连几天都是，然后一直都是，他丧失了自己的超能力，丢了那对神奇的翅膀，在黑屋里度过了余生。

父亲曾养过一只鸟儿，笼子很大，那只鸟儿似乎很快乐地生活在其中，有吃有喝，无病无灾。有一次父亲把笼子挂在院子里的阳光下，直到晚上收回时才发现笼子门忘了关上。可是那只鸟儿却视而不见，优哉游哉地踱着步。这只鸟儿忘了天空，也忘了翅膀。又记起在某个城市曾游览过一个百鸟园，那是很大的一片林子，更高的大网覆盖着林子，林子里各种鸟儿飞舞，似乎自由自在。这些鸟儿以为那就是天空，其实那只是一个更大的笼子而已，笼子再大，也不是天空。

　　想到这里，顿时感觉无边的夜从四面挤压过来，有一种窒息的痛。于是我问自己：这是你想要的生活吗？你丢了那对翅膀没有？便有了冷汗，在废墟与灰烬里仔细寻找，竟依然有着不灭的火星儿。

　　那些火星儿，都是一颗颗梦的种子啊！虽然被弃置了那么久，但是只要用心去呵护，依然可以生长出许多美丽而自由的梦。那一刻，夜被掀开了一角，我看到了天高地阔。

　　所以，现在我也经常问自己：这是你想要的生活吗？然后检阅自己的内心，便欣慰，幸好我没有丢失那对翅膀。

曾经多少个今夜

躺下前，瞥见窗帘的缝隙里有半轮偷窥的月。

在极静极悠长的夜里，我捕捉到不远处的路上车辆驶过的声音。思绪便弥漫了过去，想象那是一辆怎样的车，在寂寂的夜里穿行，碾着一地的静谧与月光。也想象着车上的人是怎样的状态与心情，或面对黑暗悠然神飞，或于摇摇晃晃中昏昏欲睡。其实我很喜欢乘坐夜车，窗外沉沉中划过的几点灯火，总会牵着目光飞向看不见的远方。

然后想起路旁的那棵树，在一盏孤独的路灯下醒着，它的身后是一大片略显荒凉的园子。园子深处，日间的繁芜已在寂寞中隐淡了吧？没有了人声足音，鸟儿也已归巢酣眠，也许只有月光还在陪伴着满园的寂寥。还会有几丝不肯睡去的风撩拨一地的碎影，更会有失眠的蟋蟀在不倦地弹琴，给夜，给月，或者给那一片虚无。

很喜欢这样的想象，喜欢在这样静美的想象中走进一个静美的梦。

或许可以梦见曾经的村庄，曾经的草房，曾经那个在土炕上不睡的小小少年，他听着风和邻家园子里那几棵老杨树上每一片叶子的低语，听着檐下巢里燕子的梦呓。还有不知谁家的狗在远远地叫，南边大草甸上的蛙鸣潮水一般起伏着，把村庄荡漾得昏昏沉沉。

于是心绪总是飘忽很远，有着很奇妙的感受，白天还在大草甸里疯玩，现在那里却在寂暗中迷茫，当我的思绪萦绕，日间的足迹便鲜活起来，生长着不为人知的情节。有时候恍惚间有一种错觉，就好像在甸子上疯玩的我并没有回来，或者回来的只是我的身体，而那个无形的我依然在那片广阔的天地间奔跑。

都说春夜柔暖，我却觉得秋夜更是细腻，也许是因为我们的春天并不娇柔，也许是因为有一个秋夜一直印在心上。

三表舅赶着马车行走在村外的土路上，车上是满满的玉米棒子，我和姐姐们就躺在玉米棒子上，周围流动着成熟庄稼的气息，头顶是很近很大的一轮月。一路颠颠簸簸，马偶尔打的响鼻，三表舅手里长长的鞭子甩出的脆响，还有连绵的蹄声，惊飞着黑夜带来的恐惧。月亮在头顶跟着我们，走向远处闪着灯火的村庄。

许多年过去，一直到今夜，我的心依然坐在曾经的马车上，车上的姐姐还是那么年轻，赶车的三表舅还是那么魁梧，拉车的三匹马还是那么健壮。我们伴着那个月亮，一次次地走过那条熟悉的路，走过那个柔软的夜。一切都那么美好，只是，在马蹄声里，却再也回不到那个熟悉的村庄。

后来我喜欢在夜里乘车，不困不睡，也许就是因为想接近曾经的那个夜晚。

　　我却从没在夜里乘过船，可是，我想那一定是更奇妙的感受。茫茫夜色轻笼茫茫水面，最好是一条古老的小船，如江湖一叶，欸乃声声，流水淙淙。躺在船上，听岸上飘来的柔柔的琴声，感受被水浸软的夜，感受那种悠悠的漂泊，这样的夜里，是不忍睡去的，是不忍有梦的。

　　只是，那个场景还真的只是我的一个梦而已。我不知道此生会不会有那样的缘遇，有那样的夜，那样的水，那样的船，还有那样身在旅途却无漂泊之感的我。

　　是个梦又如何呢？能有这样的梦多好。我已经拥有了这样可以让思绪自由驰骋的夜，便是无远不至了，便是我的幸福了。

第三辑
前行的足音
是春天的心跳

在春天里行走是最美好的情怀，走着走着河流就笑了，走着走着鸟儿就唱了，走着走着花儿就开了，走着走着心情就暖了。

墨色生香的夜

　　一人，一灯，一案，在夜的深处撑开了一个小小的明亮角落，也许在充满黑暗的天地间，这一点光微如轻尘，却藏着一个多姿的世界。

　　我喜欢在夜里写字，也许是倒班十年养成的习惯，那时经常从夜半写到天明。就像把夜色吸进了墨囊，然后丝丝缕缕地从笔尖流淌在纸上，化作许多情节。于是，夜就成了一个孕育故事的温床，成了一片生长思绪的土壤。夜静得可以听见笔尖在稿纸上行走时的沙沙声，那是黑与白的对话。内心抽丝剥茧，点点滴滴的细节铺展开来，渐渐蔓延成我理想中的世界。

　　有一阵子写得有些走火入魔，经常在梦里写出了绝妙的故事，霍然而醒，但见夜如凝固了一般，梦中的故事便忘了一半。心中飞快地回想，想抓住那条溜走的尾巴。摸到床头小桌上的纸笔，也无暇开灯，摸索着在纸上飞快地记录，写完一头又扎进梦里，想去重逢刚才的故事。

早晨醒来拿过那张纸来看，只见字迹潦草并断断续续，横斜不定还时有重叠，混乱如纠缠的结。仔细辨认，终是看不出个所以然。虽然有些遗憾，可是这张纸却给了我很大的启发，纸上的痕迹如夜的残留，又仿佛纷乱的心绪在梦游。不管怎样，都感受到了一种淡香，来自夜，来自夜里的我。

　　睡前都习惯性地要看一会儿书。有时候心特别不静的夜里，也会一直看书。把心情渐渐地融入字里行间，直到和夜一样空而静，时而把目光融入窗外的夜，便能感受到遥远的星星把缕缕清辉编织成打捞梦境的网。书页间飞散着淡淡的墨香，也只有在这样的静夜里，才能遇见那种无形的如墨香般的心境。若是有月挂在檐下，则更添了一分情致。

　　看到王小波的书中有这样一句："夜里月亮像个大银盆一样耀眼，在月光下完全可以看书——当然，看久了眼睛有点儿发花——时隔二十多年，当时的情景历历在目。"初看这句的时候，还是少年，总想试一试，可城里的月光总是躲躲闪闪，或者被各种灯光排挤，很难有那么理想的月夜。

　　后来有一次去乡下的亲戚家，正遇上大月亮地，熄了灯的夜里，我便拿了一本书出来，在月光下翻阅。也是那本书的字太小太密集，我瞪大的眼睛快挨上书页，才能勉强看清，想象中的美好情境荡然无存。把书放在墙头上，心想周围分明很亮，怎么就照不清那些字？长长的西风路过，翻动着书页，月光也扑闪着，瞬间心情便美好起来，也许在这样的夜里，在这样的院子里，那本书，只适合风和月光来阅读。我只是人间的看客，看着这种美好在慢慢地发生。

多年前我曾在一个朋友家里过夜，住在他的工作室，墙上挂满了字画，长案上还放着一些刚写完不久的作品，墙角堆了一堆练习过的废纸。我躺在床上，真真实实的墨香轻拥着我，想着在墨香中入睡，梦里也定然是开满带着墨痕的花。可竟然睡不着，也许换了地方不适应。翻过身，忽见一缕月光从窗帘的缝隙间挤进来，溜到那边的墙上，将一个"梦"字点亮了一半。我知道那幅字是"梅馨入梦"，月光照亮了梦，多美好的一幕，我轻轻地笑，不惊动这个夜。

那个夜我不记得有没有做梦，可是在月光与墨香中酣眠，也是难得了。

一人，一灯，一案，檐下或挂着月，窗外或醒着星，或看书或写字，在这个小小的人间，这其实是一种幸运，一种幸福，一种热爱。

花朵碰落光阴

"外面地里甸子里都是花，还在屋里种花干什么？"我很是不解地问。

妈妈正在南园里挖土，装进身旁不知从哪找出来的一摞花盆里，我一盆一盆地往屋里搬。

"花盆里种的栽的花，有的是外面没有的，冬天的时候有的也开花呢！"听了妈妈的解释，倒也觉得很好，想象冬天的时候，外面大雪飘飞，屋里花香弥漫，一时很是神往。

平时我对花草什么的，并不是很注意，初夏的阳光暖暖，照着东邻菜园里那一片绿油油的大葱。几朵淡紫色的喇叭花很努力地爬过了墙头，在高处盛接着阳光的泉。那些细细的蔓缠绕在墙头的短栅上，还在向空中伸展着，想要抓住些什么。许多年以后，我才知道，那些细细的蔓如远去的幸福，抓住了当初我不经意的心，而记忆里的喇叭花，全是呼唤的形状。

今天我格外留意了一下，就发现了一只伪装成花瓣的蝴蝶，感觉到我的靠近，它便不再镇定，翩翩然飞起来，于是我就在后面追赶。转过土墙，花蝴蝶已经没了影儿，却见东邻的小女孩正站墙下，也出神地看着什么。墙上斜斜地挂了半幅阳光，她小小的影子也印在上面。她轻轻地向我摆手，指了指墙上。我悄悄地走近，向墙上细看，一只小小的蚂蚁正衔着一根极细小的花蕊，慢慢地往上爬。那花蕊纤细无比，似乎是一根小草花儿的嫩蕊。小小的蚂蚁，叼着比它身子还要长的花蕊，已经爬了半人多高。经常停下来歇息，花蕊便在风里轻颤，让我们担心会把蚂蚁带落下来。然后，它继续向上爬，忽然，花蕊从它口中掉落。女孩轻叹了一声，小声说："第五次了！"

小蚂蚁有着短暂的茫然，然后迅速掉头爬下墙面，转了几圈，找到那根花蕊，衔起，继续。不知土墙的那边有什么在等着它，更不知它嘴里衔着的芬芳，要送给谁。我和女孩就站在那儿，看着它的努力，每一次花蕊掉落，都像落在我的心上，有着一种温暖的震动。它又努力了四次，终于慢慢地爬上了墙头，我和女孩微笑地看着，阳光和清风送着它和它的芬芳过到了墙的那边。

我们没有再去墙那边看，女孩要去村西的野地里采一种很小的野花，就像蚂蚁口中衔着的那么大。她问我："你去吗？"

东邻的婶子，女孩的妈妈，是一个嘴皮子厉害性格泼辣的人，却是不惹人讨厌，而且一副热心肠。虽然平时说话尖酸刻薄，可是到了真有什么事的时候，第一个伸手帮忙的，肯定是她。婶子有一个爱好，就是喜欢种大葱，在园子里有一块很固定的地方种葱，那些葱每到春夏，便一片婷婷，绿得清新，白得水嫩。有几短垄的葱是一直不动的，留着秋天打籽儿。我曾在秋天的时候，和女孩在她家的菜园里，看大葱的花。那些大葱已然非常粗壮，花朵是一团白绒绒的球形，有小孩子的拳头大。它们高高地站在细茎之上，细看，球形里面是密密麻麻的更细的茎，每一根都顶着一朵细小的白花，淡淡的黄蕊，既不美丽，也不芬芳。我们看过，也就失了望。

"咱们要采什么花?"

"听别人说，叫葫芦根儿的!"

"葫芦根儿不是咱们前些日子吃的那种吗? 也不开花啊?"

"哎呀，不是那个了，是另一个! 你跟着我就行了!"

我和女孩蹚着一地的阳光，在村西河边的野地里寻找着。女孩不停地转动着头，两只小辫子忽左忽右地飘飞。于是我就采了几朵鲜艳的野花，插在她的辫梢儿，看着那些花儿飞舞，想着会不会招来蝴蝶。渐渐地，我便认识了那种小花儿，有着黄白两种。她告诉我，这两种都要，都有用。黄的要晒干三九天的时候泡水喝，白的夏天三伏天泡水喝。

我问："你妈喝了这花泡的水，好些了吗?"

"好多了啊，不怎么咳嗽了，也不怎么咳血了! 今年再喝一年，就好了呢!"她充满希望地笑，眼睛里色彩缤纷，都是芬芳的田野。

于是我就和她更加卖力地寻找，寻找那些隐藏在草丛里的小小花朵。每一朵都像女孩遗落的笑，每采一朵，她的笑就会浓上几分。她提着的小小柳篮里，已经装了一半灿烂的笑容。

东邻的婶子，两年前便得了咳嗽的病，咳得停不下，咳出的痰带血。别人都说，这不是好病，可是家里贫穷，上不起医院，便一直服用普通的止咳药，长年喝熬的草药，再就是千奇百怪的偏方。虽然人越来越瘦，可是嗓门也没变小，热情也依然燃烧，话语也还是带刺儿。

回来之后，女孩拣出那些小黄花儿放在窗台上晾晒，又把小白花儿洗净，给妈妈泡了一碗水。她家的屋子里弥漫着浓浓的中草药味儿，婶子坐在炕上缝着一双花布鞋，很响亮地和我打了招呼。我走出门，听到身后传来一连串的咳嗽声。

妈妈已经把那些花盆摆上窗台，有的已经栽上了花秧，有的是种下了花籽儿，已经浇过了水，它们站在阳光下，等着开花或者出土。过了些天，那些播下花籽儿的花盆里，已经陆续冒出一些细嫩的芽儿，它们好像从一个长长的梦里醒来，充满了好奇，一天天地往外挣着身子。只有一个花盆里，一直没有动静，妈妈也开始怀疑自己，是不是当初忘了往里埋花籽儿。一直到快要等得失去信心时，那个花盆里，终于顶出一点儿小小的绿色。

夏天随着我奔走的脚步，开始深浓了。房后的一片扫帚梅，已经高高挑挑地开满了单瓣的花，每天的傍晚，我都会坐在门旁的土墙上，伴着斜阳和风，悠荡着两腿看一些晚归的燕子。那些扫帚梅摇摇曳曳，于是就很快乐地想起，要是东邻的女孩还像以前那样，傻傻地为每一朵花起名，会不会累得哭了？便向她家的院子里看了看，那几株土豆花长得很茂盛，正在走向开花的过程。以前的时候，女孩还热衷于给花儿起名字，特别是那几棵土豆花，然后是她看到的所有花。那些名字千奇百怪，常常让我们笑得不能自持。我们经常指着某朵花问她叫什么，她都能很快地说出来，难为她是怎么记住的。后来，她妈妈病得越来越重，她就一门心思地去采那种葫芦根儿的花，就再也没有给花起过名字。

那个午后，我在村西的河边遇见依然在采花儿的女孩。大地像被夏天打翻的花篮，各种大大小小的野花散落着。而葫芦根儿的花快落了，女孩很着急。帮她一块儿寻找，依然在她的辫子上插了两朵会飞的花儿。她依然不恼，却似乎没有了当初那种像花儿般的笑容。正寻找得起劲儿，忽然村里一个大妈急急地跑过来，对女孩说："快回去，你妈要不行了！"

女孩猛地抬头，辫梢儿上的花朵跌落下来，砸碎了一地的童年。

我正要捡起她掉落的篮子，她回头说："不要了！"跑出很远，转头看，那个小小的篮子倾倒在地上，细小的花朵流淌了出来。

东邻院子里很多人进进出出，女孩跑进屋里，两颗大大泪珠落在身后的地上。我看到墙脚那朵半开的土豆花，不知被谁碰落了，静静地躺在那儿，依然红得醒目。

多年以后回想，曾经的东邻大婶，像极了她家园子里那些开放的大葱的花，不美丽，不芬芳，虽泼辣却热心，有着一种让人难忘的魅力，就如平凡生活的滋味。

秋天的时候，一个很晴朗的周日，我在村西的小水库旁看人们捕鱼。忽然看见东邻的女孩站在不远处的一片草地上，似乎正在发呆。她已经上学了，虽然还是很愿意说话，可是笑的时候却很少。有几次去她家里，看到她站在锅台前，面对着很大的铁锅在做饭。偶尔在她的书包里看到一个本子，里面画了许多花儿，每朵花旁都写着一个名字。原来，她依然喜欢给每一朵花起个芳名，只是不再说出，而是记进了本子里。就像把许多心情都收藏在岁月里，把许多快乐和悲伤，都留在心底。

我来到她身旁，阳光在她的发丝上闪着细细密密的光。顺着她的目光看过去，前面一大片婆婆丁的花儿，白茫茫的。我惊叹："真好看的花！"

　　她转过头来，眼睛里映着远处的河水，说："那才不是花呢！我们刚学过，婆婆丁就是蒲公英，这些是种子，不是它的花儿，花儿是夏天时候那种小黄花儿！"

　　一时有些羞愧，我当然也知道这是蒲公英的种子，可是，它们长得确实像花啊！这样嘴硬着说的时候，一阵风从河面上走过来，蹚过这片蒲公英，然后，它们便飞满了天空，每一朵小伞都带着一缕目光，带着一个梦想，还带着一种希望。我们都看得呆了，看着那些蒲公英的种子飞过眼前，飞过草地，有的飞过了细细的河流，飞向未知的美好。

　　回去的时候，我看见一朵小小的蒲公英落在她的发梢，流连着不肯飞走。它就在那里随辫子悠悠地晃着，一直到了女孩家的院子。我不知道那朵蒲公英会落在何处，可是不管落在哪里，明年，都会生长出一种美好来。妈妈的离去，带去了她大部分的笑，她让那些笑去另一个世界里，陪着妈妈。

　　日子走到了冬天的边缘。当初妈妈摆下的那些个花盆，已经一片繁茂，好几盆都已经开出了花朵，还有一些盆正在打着骨朵儿。东邻女孩便经常来我家，和姐姐们对着那些花盆，说着那些花儿，有时也拿着铅笔在本子上照着画。每当这个时候，我就暗笑，知道回去后，她就会在画着的那些花旁，写下一个出人意料的名字。也只有那样的时候，她会自然而然地漾起浅浅的笑，花儿的香与色，融化了她脸上的些许坚硬。

有一次，大姐说："你这么喜欢花儿，我送你一盆吧！"

她绽放出少有的惊喜，明亮的目光抚过那些盛放。可是大姐却指着一盆刚刚结出花骨朵儿的，笑着说："不给你那些开着的，给你这个，好不好？"

她的眼睛生动地转了转："好！不过我现在不拿回去，过些天我来拿！"

然后有好几天没有见到女孩，她似乎忘了这盆花的事。那个礼拜天，她却来了，对大姐说："大姐，我来拿花儿了！"

我们都看向当初许诺给她的那盆花，时间的手已经把它抚开成朵朵的灿烂，竟然是所有花里最美的一盆。

大姐开心地笑："小丫头真聪明，知道用时间来换花开！"

女孩也笑，很遥远的那种笑，就像，她妈妈还在的时候。她捧着那一盆美丽走了，她脸上的笑依然在，落在那些花朵上，花儿便似乎越发鲜艳。

聪明的女孩，知道用时间来换一盆花的开放，只是，要用多长久的时间，才能换回她以前的快乐和无忧呢？我不知道，也没有人知道。我知道的只是，总会有那样的一天吧，不管多长多久。

于是冬天就来了，然后雪也来了。

东邻女孩突发奇想，她想养雪花。她用一个玻璃瓶子装了一半水，冻成冰，然后就等着再飘落一场雪。雪来了，她却认为雪花是活着的，必须要捉到一朵放到瓶子里。她伸出手，雪花便融化在她的掌心里。她挺难过，说是害死了一朵雪花。最后举着瓶子，终于有一朵很大的雪花落了进去，她拧紧瓶盖，怕那朵雪花飞走。那个装着雪花的瓶子就放在外面的窗台上，每天她都会去看看，有时我也会去看看，雪花就静静地躺在冰上，一个小小瓶子，便装进了整个冬天。

我没有注意到，当冰雪融化的时候，当瓶子里的那朵冬天消失的时候，女孩有没有难过。当我想起这个问题，女孩已经又被她家园子里那一树的樱桃花所吸引。樱桃花很小，攒簇在一起，是一种很柔软的白，点点嫩黄的花蕊，增添了许多灵动的风致。

时间和风，仿佛在联手做着一个美好的游戏，它们嬉闹着，花儿就开了，它们过去时，便把花儿折落了。当满树的樱桃花在风里片片飞舞，东邻女孩便几乎不眨眼地看着，她的目光随着飞花，划出一道又一道优美的弧线。那目光极为澄澈柔和，拥抱着那些飘飞的花朵，花朵触落了春天，却没能在女孩的眼睛里写下伤感。

我问："这么好看的花儿都落了，你不难过吗？"

她依然浅浅地笑，眼睛里全是希望的星星："不难过啊，这么多的花儿，夏天的时候，树上就会有许许多多红红的樱桃了！"

四十年前的一年级课文

    从一个废品收购站经过时，墙边一个孩子捧着一本旧书，大声地念："上中下，人口手，山石土田，日月水火……"那正是我小学一年级时的版本，后来好像不是这个顺序了。恍惚间，时光飞舞，仿佛我仍然是那个小小少年，坐在教室里大声地朗读。

    我是在1981年秋天上的一年级，本来前一年已经上了几天，可是老师嫌我太小，把我赶了回来。那个年代农村孩子上学都晚，我七岁上学，班上的学生大都八九岁。每天早晨，我们在土路上奔跑着，坠在身后的书包不停地拍打着屁股，书包里的铁文具盒便跟着哗啦哗啦地欢唱。在教室里，拿出课本，都大声参差不齐地念："上中下，人口手……"

    "上中下，人口手"，这个声音穿透四十年，在原以为忘却的心里却唤醒了所有清晰的细节。那个午后，在废品收购站的大墙边，我竟忆起了那么多一年级的课文。前几年的时候，有一段时间特别怀旧，曾在网上找了一些七八十年代小学语文课本的图片，其中就有我曾经学过的版本。我一开始上学的时候，小学是五年制，可是上到五年级的时候，忽然变成了六年制，所以我们那一届小学生的课本是有着更换的。

更遥远的一次被唤起回忆，还是我不到二十岁的时候，邻家女人给孩子讲故事："一只乌鸦口渴了……"那个刹那，心里像起了雾一样。我当年一年级的语文课本里，就有这篇《乌鸦喝水》的课文："一只乌鸦口渴了，到处找水喝……"我还能清楚地记得那个插图，而且也记起了太多的插图。那些插图都被我们补充成很搞笑的画面，至今想来仍是莞尔。

其实我印象最深的一篇课文，是一年级的《杨家岭的早晨》。那是一篇写毛主席在延安的小短文，而且最后一句一直以来都印象深刻："杨家岭的早晨，一片金色的阳光。"记得当时读这一句，便觉得眼前一片生机与希望，很是感动。那时每次走在阳光下的田野里，都会不由自主地冒出这句。

并不是每一篇课文我们都愿意读或者背的，但是有一篇我们却一直读得很整齐，那就是《小小的船》："弯弯的月儿小小的船，小小的船儿两头尖。我在小小的船里坐，只看见闪闪的星星蓝蓝的天。"那时觉得真美好，再仰望纯净夜空的时候，便有了更动人的想象。

到后来学课本里的古诗，便有了更让我们一遍遍不停背诵的那首《锄禾》，也是长大后才知道原诗题叫《悯农》。不过当时不管在路上还是在教室里，总能听见有人大声背："锄禾日当午……"当然，还有诗名被改成《草》的《赋得古原草送别》前四句："离离原上草……"

我们之所以喜欢这两首诗，是因为生活在农村，锄禾的场景太熟悉了，也深有体会。而村南无边无际的大草甸，却是我们的乐园，大草甸岁岁枯荣，一年年地在我们的眼中轮回着。到了秋天，草甸上有放荒的，特别是夜里，荒火在黑暗中蜿蜒跳跃成许多神奇的图案。"野火烧不尽，春风吹又生"，是我们见惯了的。多年以后，知道这首诗的后四句，我反而更喜欢"远芳侵古道，晴翠接荒城"，也许是因为那时心底已经有了沧桑。

　　当沧桑占据了我的心，童年和少年便已远成生命深处的风景。可是四十年前那两册薄薄的一年级语文课本，却真的给我打开了一扇美好的窗，让我看到了不同的世界。而那扇窗一直不曾蒙尘，即使四十年的光阴漫漶，每当心意沉沉、落寞重重时，在回望间，那扇窗依然明亮地迎接着我的目光和心情，让我于感动中重新充满了温暖的力量。

正 月

　　随着过年时那场大雪的悄然停息，村庄便在鞭炮声的余响里闲下来。我们都喜欢走东家串西家，踩着一地沉默的雪，踩着鞭炮烟花的碎屑，踩着鸡鸣犬吠，去推开那一扇扇贴着红红对联的门。

　　屋里一般都特别热闹，上了年纪的老人们围坐在滚热的炕头上，衔着长长的烟袋，或唠嗑儿，或打小牌，而慵懒的猫就在烟雾缭绕中酣眠。地上的一张桌子旁，几个人在打扑克，更多的人在围观，笑语轰然。我们挤着看了一会儿，便失去了兴趣，便又跑进无边的空旷。

　　正月诞生在笑容与鞭炮声里，却生长在雪的怀抱中。站在村外的野地里，雪依然厚厚地铺向天边，空荡荡的天空偶尔有麻雀倏来倏去。在我们的心里，正月和春天无关，如果说有，似乎就是那种从过年延伸而来的快乐，还有看着春联时那种隐隐的期待。

　　虽然离年越来越远，过了初一，过了初五，村庄的年味却并没有随鞭炮声淡下去。暖暖的火炉，滚热的火炕，清澈的笑容，依然交织成最简单的快乐与最朴素的幸福。每一家的男主人，都会在一壶滚烫的酒里醉了季节。而他们挥洒过汗水的广阔田地，此时正在雪下静静地等待，等待长长的梦醒来，等待与一颗颗种子相拥，等待夏日的风与阳光，等待秋日幸福的刀镰。

其实，我最喜欢的，就是随父母去亲戚家串门拜年，或者是外村的，或者是镇上的。我也喜欢亲戚们来我家里，笑声把屋子填满，便觉得满心的幸福。我那时多愿意这样的日子不会流逝，可终究是流逝成多年后念念情深的回望。

我们这里，正月里逢七是人的日子，初七是小孩的日子，十七是大人的日子，二十七则是老人的日子。这三天都要吃面条，特别是初七，在煮好面条后，母亲还会挑几根挂在墙上，说是为了拴住小孩的腿，寓意着小孩能平安地成长。而我们这些小孩，飞快地吃完面条，便冲进雪野里追逐翻滚，奔跑间正月就过去了，四季就过去了，一年年就过去了，于是我们都平平安安地长大了。

正月十五，是过年后的又一个高潮。那个晴朗的夜，鞭炮声再次响成一片，月亮底下绽放着灿烂的烟花。秧歌队每个人都拿着一个别样的花灯，再次盛装而舞。在激昂的鼓点里，我忽然觉得，春天真的已经来到正月里，隐藏在寒冷之下，已经能听见它的心跳，它的微笑还没有漫上来，还不能荡漾成大地上的柔暖。

元宵过后，年味就随着墙头上的雪渐渐地薄了。各家的年嚼货儿也都吃得差不多了，恢复了粗茶淡饭的我们，知道一个年已经过去了，而下一个期待还遥遥。可忽然想起，杀年猪时留下的头蹄下水还在雪堆里冰着，便又有了盼头。二月二，是年的最后一丝余韵，然后，大地上的事情就次第开始了。

那一天我醒得很早，走出房门，发现院子里用细灶灰围成了几个大圆圈，圈里放着五谷杂粮。便知道今天是正月二十五，天仓节，家家都要在院子里用灶灰画出天仓，放进五谷，可能是对今年丰收的一种祈祷与祝福。这是正月里的最后一个仪式了，是一个告别，也是一个开始。

是一个告别，也是一个开始，时光深处的那个正月。匆匆三十多年过去，每一次回眸，都会觉得，自己的童年就像生命的正月，有着那么多眷恋的仪式，有着那么多清澈的幸福，所以才会在这一生的每个季节里，不管身处怎样的际遇，总有爱与暖的来处。

过　站

　　那时候表姐是村里最愿意看书的，村里人很少看书，她几乎把每家少得可怜的书都翻来看遍，有时候她会去县城里，很珍重地买一本书回来。实在没有书的时候，她会把我们这些小孩子叫到一起，给我们讲故事。虽然我们那时候最感兴趣的是疯玩，虽然对于看书简直没有一点儿渴望，可是对于听故事还是很喜欢的。

　　她给我们讲的大多是童话，当时很是羡慕她头脑里有那么多故事，又能把故事讲得那么吸引人。或在蜡灯之畔，或在星月之下，或在树荫之中，我们慢慢地就知道了很多或动人或神奇的故事。表姐讲故事有个习惯，总是在讲到最后某个情节的时候，便停下来，问我们："你们谁能猜猜最后他们会怎样？"

　　我们这群小孩很喜欢这种猜想，便都争先恐后地往下编，表姐就微笑着听着，如果谁编得好讲得好，她会表扬，这极大地刺激了我们的热情。有时候，我们会相约着一起去找表姐，让她给我们讲故事，除了故事本身的精彩外，还期待着最后我们自己的发挥。

后来随着成长，我渐渐地喜欢上了看书，也看了许许多多的书，才发现，表姐当时讲故事到最后停下来让我们接续的时候，其实故事到那里已经结束了。看了《安徒生童话》，才知道丑小鸭和海的女儿当初被我们续编得怎样面目全非；看了《格林童话》，才知道白雪公主和灰姑娘曾被我们演绎得怎样离奇曲折；看了《天方夜谭》，才知道阿里巴巴和阿拉丁神灯被我们编造得怎样荒诞不经。

我是在很多年以后，坐在一辆长途汽车上，忽然想起了童年的这段往事。由于上车的时候就开始看一本心仪已久的书，看得过于投入，竟然坐过了站。便想起了从前听故事的经历，当时表姐的故事明明讲完了，却要我们继续编下去，这就像是到了目的地，却依然继续走下去一样。我们因此也收获了更多的快乐和更多的美好。

这就像此刻的我坐过了站一样，这样一想，便烦恼之心顿去。本来要去的地方，是一个小水库风景区，以前也去过多次，这次错过了也不是什么遗憾，就且过一次站，看看会遇到什么。沿途的景物陌生起来，公路旁就是小水库那条河的上游，心里便有了憧憬和期待，就像当初搜肠刮肚续编故事一般，想象着下一站会有什么在等着我。

半个多小时后，汽车终于停下了，在一个小镇的边缘。下了车，小镇的午后很安静，一条同样安静的路通向镇里，路旁是两排高高的杨树，树叶已经变黄，在西风中片片飘落，飞舞成空中最后的眷恋，在地上铺了一层零乱的思绪。左边是已收割完的田地，空荡荡的，只有风在无拘无束地流淌。我就跟着风的脚步，走向不远处的河边，到了近前，风的脚步已经涉水而过，只留下浅浅的足痕在荡漾。河面不算很宽，河水很清，在北面小镇旁边的河段上，有一座很小的桥。

我沿着岸边的土路向南走，一直走到没有了路，依然没有停。草已经半枯，而河里偶尔的丛丛蒲草还大半绿着，一支支深褐色的蒲棒直立着，总是把我带回到儿时的光阴。再向前走，岸边的芦苇就多起来，叶子已经落尽，只剩下那些小小的穗子，很亮的白，在风中就像一面面旗帜。想起故乡的小河边，那些美丽的芦苇丛中曾升起多少皎洁的月，曾遗落下我多少简单的快乐。

转头就看见一大片的蒲公英，精致玲珑的小球如梦幻一般高低错落着，一阵风的路过，就飘飞成满天白了头的梦想。有一些甚至悠悠地向着对岸飞去，而对岸，一个垂钓的小孩正安静地坐着，紧盯着那一点浮漂，他的身后，是一个小村庄，鸡犬之声隔水隐约可闻。再往前一些，河流有一处极窄极细，也很浅，一些大石块摆在河里，可以跑跳着过去。

这一幕是那样亲切而熟悉，乡情如水漫流，向更上游望去，河流曲曲折折地摆脱了我的目光，消失在地平线处。我坐了下来，无边无际的空旷和宁静，就像我的心一样。便很庆幸之前坐过了站，能抵达这样一处心灵的牧场，虽然没有小廊回合，没有雕梁画栋，却有着很自然的野趣，让我这个离开乡野三十年的人，找到了故乡的感觉。

所以便很期待着能有更多次的过站，不只是在路途中，在生活的哪个方面都是期待着，过站，也许就会邂逅一种不期然的风景与感动。

前行的足音是春天的心跳

跋涉过多少重山叠水，追赶过多少日月星辰，就这样一直走，走到巨大的冬天成为身后的背影，走到东风吹入北风，走到阳光下的雪在燃烧，走到冰河融成暖流，走到青草咬痛裤管，春天便莅临了无痕的心境，它的心跳重合着前行的足音。

于是额上的汗水飘成雨露，衣上的尘埃飞作浮云，眼睛里葱茏着季节的光影，心底的希望生生不息。每一个春天都是一个温暖的驿站，给沉重的脚步以轻松，给疲惫的心灵以抚慰。漫天响彻的鸽哨里，写满了关于远方与梦想的消息。

一个火红的日子，带着爱与暖，带着情与盼，带着笑与梦，走进每个人的心底。过年，是时光里的一炉火；回家，是漂泊中的一程珍贵；团圆，是尘世间的一抹眷恋；祝福，是那一夜最温暖的咒语。当再次走出家门，踏上长路，心底盈满了力量。就像天边滑过的候鸟的身影，云路迢迢，追赶着一分明媚。

行走在春天里，每一个足迹都和大地一样沉默着，在沉默中孕育着破土而出的情节。多喜欢这样的时节，走过了冬的梦魇，脚步轻盈欲飞，一切都在无中生有，一切都在渐入佳境。就连心情，也柔软如大地，如春水。柔软的心可以生动这世间许多的坚硬，就像东风吹融坚冰，就像草木轻抚山岭。

每一声足音，每一次心跳，都是一粒种子，种在大地上，种在心田里。在春天里行走是最美好的情怀，走着走着河流就笑了，走着走着鸟儿就唱了，走着走着花儿就开了，走着走着心情就暖了。四季的轮回并不是单调的重复，时光中的每一个细节都不可复制，而时光中的自己，每一天也都不同。不同的自己遇见不同的细节，便碰撞出全新的眷恋。

春天和我们的脚步一样，撒了欢儿地奔跑。于是，在勃勃的心跳声里，心情和万物便撒了欢儿地生长。在这样的情境里，前行的身影都是风景，动人的跫音都是天籁。面对这样的天地，我总是情不自禁。偶然间发现，阳台上一盆干枯了许久的花枝，不知什么时候绽出了一点儿新芽，它已轻轻悄悄地迈进了春的门槛。

那么，我们也出发吧，走进春天的心跳。无须行囊，有梦就够了；无须陪伴，有春天就够了。

一舞秧歌何处寻

每到这样的日子，当鞭炮声空洞成一种习惯，当冰与雪被各种灯光洗得越发孤单，便分外想念时光深处在寒冷中灵动的秧歌。那一簇簇的花枝招展，那碎碎点点的舞步翩跹，已飘摇成心底的旧梦。

小时候的东北农村，扭大秧歌是过年时的一件盛事。小伙子们一身古装，大姑娘们头戴高高的发饰，鲜衣彩裙，他们腰上都系着长绸，左手执长绸，右手挥彩扇。吹喇叭唢呐的憋足了劲儿，打鼓的甩开臂膀，欢快的舞步便敲醒了沉眠的大地，于是，春意便在每个人的心上火辣辣地生长。

我不知道在我的村庄，大秧歌已经这样扭了多少年，似乎世世代代都在绽放着同样的心愿。秧歌是春天的希望与大地的情投意合，是朴素的幸福与过年的相拥相融。

那时的秧歌，最大的特点就是欢，小伙子们舞步翻腾，扇子如开在手上的花，极尽变化，通常是一男一女搭配，男的忽高忽低忽左忽右，可以围着女人扭一圈而不重复变化，女的则是端庄中透着火热。更让我们小孩子注目的，是那些特殊的扮相，比如孙悟空、八戒，或者青蛇、白蛇，还有一身铃铛的傻柱子。或者划旱船的在队伍中穿插，便掠起层层欢乐的涟漪。

大年三十，村里的秧歌队便挨家挨户地去扭，进到谁家的院子，都会有鞭炮声相迎，迎进一簇簇的美好与祝福。当我从那个欣喜的儿童少年，走到鬓染飞雪的中年，那个场景依然是我生命中最暖的亮色，能融化掉许多的苍凉。

正月初四，十里八村的秧歌队会举办一次会演，那样的时刻，是秧歌扭得最奔放最精彩的时候。每个村子都鼓足了劲儿，把漫天的飞雪舞得充满欢乐，把无际的严寒舞得溢满喜庆。我们的脸冻得红红的，围在那里大声呼叫。更有那些踩高跷踩八寸的，虽然惊险，却不减那一股野辣辣的欢劲儿。

那时候觉得，这样的盛会年年在一直在，就像祖祖辈辈那样到今天，还会从今天到永远。却没想到，竟然是在我的这一世里走到了尽头。有一年过年回老家，期待着再睹大秧歌的风采，等待我的，却只是无边的空寂。似乎时空在哪里错了位，让我于熟悉中生长出更多的陌生。村里的年轻人越来越少，就算过年回来了，也是来去匆匆，再也组织不起来秧歌队了。村庄的年沉寂了，深深的失落随着雪花空空荡荡地无依。

更喜欢元宵的夜晚，秧歌队的扇子换成了各种形状的彩灯，从村东头一直扭到村西头，后面一个马拉爬犁，爬犁上放着一口大铁锅，里面是拌了柴油的谷糠一类，已被点燃。每走上十米八米，就有人用铁锹撮一锹燃着的火撒在路边。村路两旁便生长出两排火焰，映着村庄的祥和与幸福。我们跟在后面，一直走出村，走到村西的砖厂，而那一排火焰在身后也跟着我们，照亮长长的来路。

如今回望，那两排火焰依然在时光里燃烧着，我却再也不能跟着它们走回那个曾经的村庄，走回那个美丽的夜晚。

遥远的大秧歌如今只存在于岁月深处，存在于我的心头梦里。舞着的男男女女，将梦境点染得绚烂无比，而激情的鼓声，又敲醒了一枕枕的失落。只想，再能有那样的一个时刻，让我于深深的凝望中，将它记得更真，更好。更是希望有一天，或者是我华发苍颜时，大秧歌又回到熟悉的大地上，扭出我满眼的泪。

所以，用回忆纪念，用未来祝福，愿岁月不负我的盼，终能还我一分暖。

淹　没

一

　　我记得第一次被河水淹没，是在七八岁的年龄，我和一群小伙伴在盛夏扑进村西的河流。那还是我第一次下水，平时家里管得严，因为那条河曾吞噬过别人的生命。可是这根本吓不住我们这群野孩子，那一脉清凉的诱惑每一天都牵扯着我们的心。

　　当我和别人一样欢呼着冲进河流，却跌倒在水里，那一瞬间，猝不及防的我便喝进去一口河水，恐惧和水把我埋没了。奋力扑腾了几下，便站起身来，水还不到脖子。忽然觉得一阵轻松，回想在水下的那一刻，竟有着一种莫名的眷恋，于是又屏住呼吸再次扎进水中，去除了慌乱，便觉得进入一个奇妙的世界，听到看到的和平时都不一样。

　　多年以后便明白，在很多艰难的际遇里，只要坚持一下，也许就会看到不一样的世界。

二

第一次感觉被阳光淹没，是在一个遥远地方的中午。那是真正淹没的感觉，一出门，火热，窒息，憋闷，阳光仿佛是黏稠的，束缚住我的身体。那一刻忽然觉得，萧瑟的秋和酷寒的冬是多么令人向往。

有些事只在回忆中、在今昔对比中美好着，而身处其中时，却是那么难挨。

三

一个很深的冬天，我们从野外往回走，忽然暴雪突降。大朵的雪花密集得折断了目光，大地上的一切都被淹没了，渐渐失去了踪影。我们也被淹没了，被雪，被风，被寒冷。地上的雪也是越积越厚，每走一步，都要蹚开深雪，都要推开扑面的风，都要承受雪花击打在脸上的疼痛。

可是我们却坚持着不停下脚步，因为心里有着一个温暖的目标。

四

相对比之下，我喜欢大风，喜欢春天的大风。我一直想念那个在大平原上奔跑的小小少年，奔跑在大地上，奔跑在春天里，奔跑在浩浩荡荡的东风中。被风淹没，是在当时就能感受到的一种美好。有时候是举着自制的旗子，有时候是牵着飘摇的风筝。

爱上了在风中奔跑，后来渐渐发现，即使本来没有风，只要奔跑起来，风就会无中生有，紧紧伴随着我拥抱着我。

五

这些年来，有过多次被恐惧淹没的时刻，或者处于不被预料的事件之中，或者是等待着不好的事情发生却无力改变。一颗心就像悬在了半空中，无依无着，又似被看不见的绳索捆绑着，拖向一个极可怕的去处。而过去之后回想，却又为自己曾经的恐惧而感到可笑。

想起一个小故事，有个逃犯终日恓惶，东躲西藏，就连睡觉也都不敢放松，还经常从噩梦中惊醒。后来他终于被捕获，被戴上手铐的那一瞬间，他竟觉得无比轻松，就像甩脱了一个梦魇。他说，以前只有恐惧，而从这一刻开始，只有希望。

六

小时候每次看到村里有出殡的，看到一个曾经活生生的人，如今无知无觉地被埋进大地里，除了害怕，还有着疑惑，为什么人到最后都会死呢？现在想来，每个人从出生开始，都在奔赴着那个终点，每个人总有被泥土淹没的一天。虽然那个时候，已经毫无感知，不再有生前身后，可是在生与死之间的那个过程中，努力走得无悔一些，那么即使回归了大地的怀抱，也是一个最好的归宿吧。

七

在学生时代，我们一直觉得自己是超然于生活之上的，除了学习，没有什么别的烦恼和担忧。社会上的种种离我们那么远，风尘只在校园外弥漫着，我们身处鸟语书香之中，如一个远远的旁观者。可是毕业后，一走出校门，便破碎了许多曾经的豪情与梦想。从开始满怀希望，到渐渐随波逐流、载浮载沉，再到最后沉入水底，我们都被生活彻底地淹没了。

没人能跳出生活之外，也没人被生活困死，困死自己的是自己的心。既然无法笑傲着冲浪，那么就静静地化一滴水，融进生活的大潮，也终会奔向一片海。

一朵雪花落进眼睛里

　　大雪有两种，一种是雪花极大漫天洒落，另一种是雪花很小却非常密集。如果加上狂躁的北风，就成了传说中的"大烟炮"。行走在这样的暴风雪中，基本看不清几米外的东西，茫然不辨方向。而且呼吸困难，每一步都深陷积雪，更有寒冷侵肤蚀骨。所以，风与雪齐至的时候，我们极少出门。

　　幸好我出门那天，因为北风缺席，所以飘着静静的雪，是雪花极小极密的那种。身前身后的雪都在无声地落，闭上眼再张开的刹那，会捕捉到雪某个静止的瞬间，然后它们齐齐扑向地面，仿佛世界上只有它们是动的。我喜欢走在这样的飞雪里，心也那么静，却又那么灵动。

　　我向前走着，就感觉雪花扑面而来，它们就像有着灵性一样，大多数会拐着弯掠过去。实在有躲不过的，就落在脸上，一点儿极细微的凉来得快去得也快，就如蝴蝶一个匆匆的吻触。甚至有一朵更不安分的小小雪花，忽然就钻进了我的眼睛里。猝不及防之下，我下意识地闭眼，感觉被眯了一下，随着雪花的消融，一点儿清凉就从眼中弥漫进心底。睁开眼的时候，世界似乎就改变了一点点，纷飞的雪似乎都在往心里飘落，有着一种凉爽中的温暖。

被雪眯了眼睛，是很微妙细腻的一种感受，起初是有着些微的难受，而转瞬就化作一种惬意。而大朵的雪花如果落进眼睛里，就是真实的眯眼，因为大朵的雪花里会含着一粒微尘，虽然小雪花里也有尘埃，但是太过于细小不会有什么影响。大雪花眯了眼，也只是很短暂的事，它融化成水，混合着泪，会很快把那粒微尘送出眼睛。被雪洗过的眼睛，清清亮亮，会把许多的寻常变成感动。

走在漫天的飞雪里，我是去求一个人办事。虽然平时关系还不错，可是开口求人其实也很需要勇气。而且一直以来，我都认为人情冷暖，是最不可测之事。于是在那人的门前，我徘徊了许久，最终还是回去了。归途中雪依然在没心没肺地飘，心里却似乎是轻松了许多，求人不如求己，放下了那个心思，就觉得自己的难事也不那么可怕了。

一所平房的门前，两个孩子正在雪地上玩闹欢笑，而和这笑声相对的，却是院子里传来的一男一女的争吵声，夹杂着一些无伤大雅的骂人话。这些声音缠绕着我的脚步，使我越走越慢。快要走到那个门前时，两个孩子不知怎么打了起来，在雪地上翻翻滚滚，都大声地哭。院子里的吵骂声停息了，一对夫妇跑出来，用武力镇压了暴乱。女人很厉害，不分对错，给每个孩子屁股一巴掌，也顺带着赏了男人一巴掌。男人就笑，抓起一团雪就打在女人身上。女人也笑，猫下腰抓雪还击。两个孩子也破涕为笑，纷纷站队，于是一场混战开始了，雪球乱飞。

直到走出很远，那片笑声还乘着雪花追赶着我。心下已然再无烦恼，这尘世间的种种总会给我感动，也总会让我释然。就算事大如天又能如何？总会过去，总会成为回望时的一哂。

　　又一朵雪花钻进了眼睛，世界在朦胧中越发清晰。我知道，在这个人间，能让我感动落泪的，永远是平凡生活中的那一颗颗真实的尘心，如雪花里的那一粒微尘。

客里光阴

　　在沈阳上学的三年里，闲暇时我总去大操场后面的那条河边，河面并不宽，流水总是那么从容慵懒。河上有一座弯弯的桥，通向对岸有些荒芜的大地，大地上散落着几处土房院落，时有鸡鸣犬吠掠过那些高高的茂草涉水而来。

　　黄昏的时候，夕阳便踏波而来，在河面留下生动的足迹。我站在桥上，看向曲折的上游远方，那种淡淡的亲切感便把我的目光镀上了一层乡愁。这一脉流水像极了故乡村畔的小河，所以我经常来这里，让它洗去心上的繁芜。

　　河畔有钓鱼的，多是一些老人，他们身畔的光阴如流水一般清静，偶尔一声轻笑便漾起涟漪。其中有一个老者与众不同，他根本不在乎有没有鱼咬钩，只是看着一河流水沉默。后来熟悉之后，就经常和他说话，他给我讲述他那么多年的经历，那样的时刻，任鱼竿孤独地与水亲近。

　　这个老者在沈阳定居已近五十年，他来自吉林的农村。几十年前的往事如昨，他能清晰地记得许多细节。他说退休之后更是愿意在这条河边坐坐，因为这条河像他故乡的河流。我问他为什么不回老家，他轻轻地叹，老家早没人了，物是人非，或许连物都已改变，再也回不去熟悉的故乡了。可即使有着如此的沧桑变迁，故乡却一直在他心底温暖着，故乡或许已面目全非，可故土永远沉默着深情。

确实是这样，不管住多久，他乡永远变不成故乡，他乡，只是儿女的故乡。人在异乡，总会找一些与故乡相似之处，去久久流连。即使没有那样的地方，还有一轮不变的月，能倾听游子的叹息与心事。

有一年的初夏，回故乡呼兰小城办事，午后走进城西的西岗公园。这个园子里，栖着太多我青春的思绪，也孤独着太多我少年的足迹。许多东西都改变了，只有满园草木还似旧时一般葱茏，只有不远处的一弯呼兰河影还如当年般清澈，刹那间，心上便重重叠叠地涌起带着亲切的失落。

一路捡拾记忆，却偶遇一个老同学。我们一眼认出了彼此，哪怕中间隔着那么多的光阴。听说他在更遥远的南方，起初那些年还好，可是后来就越来越想念故乡。那里没有和故乡相似的地方，他在休息时总是爬上后面那座山，站在山顶，把目光和心情飞向老家的方向。远望可以当归，其实是无可奈何的带泪的伤情。

人真的是这样，在岁月中走得越久越远，心便离故乡离往事越近。越是走近老年，便越接近童年。

我在小兴安岭深处已经二十年，在山林之间，难觅与故乡大平原上相似的景物，偶尔也会登高远眺，更多的时候，是寄情于一草一木之微，凝神于一水一流之细。只有草木相似，只有流水相通，足可让我的心生长往事。

也许，每一个离乡多年的人，都会有着如许的感慨，谁也不会想到，当年离开的那一刻起，足音便敲响了一生的漂泊。

回不去了，时空变换，彼时彼境的故乡，只能在心底深情着永不改变。即使归去，也是感伤多于安慰。在外是客，久离归来也成客，这是生命更深的苍凉。

听　冷

　　无边无际的冬天笼罩了大地，我们依然奔跑在北风飞雪里，吞吐着大团大团的白气。那时的我们，对寒冷的切肤体会，先是从手脚开始。即使穿上家里做的最厚的棉鞋，戴上最厚的手套，依然挡不住寒冷的侵袭，所以我们这群孩子的手脚都冻得肿起来。

　　我的每一根脚趾都粗胀着，手背肿起如小馒头。在外面感觉并不强烈，顶多是有一种微微的胀，可是进了屋里暖过来，痒和痛便一波一波地涌动着。举起手来，痛会退去，痒便占据了全部；放下手后，痛不知从何处全部沉淀过来，把痒挤得没了影踪。这还是好的，有个伙伴的手腕上冻得掉了一层圆圆的皮，露出鲜红的肉，可他依然无所谓地在北风里奔跑。

　　那时，对付这种冻伤并没有什么好的办法。严重的时候，母亲会去被雪覆盖的南园里，弄几棵干枯的茄子秧或者辣椒秧回来浸在热水里，用来泡冻伤的手脚。却也只是有着短暂的缓解，不过也没什么关系，痛和痒牵不住我们奔向室外的脚步。有时候，那种在风雪中赶路的紧急冻伤，进门后，不让立刻靠近火炉，会拿一盆雪来搓揉冻处，据说这样可以把肌肤内的寒气缓出来。并不知道有没有科学依据，可是小时候基本都是这样处理。

然后，冷才真正到了耳朵。其实，冷是可以听见的。长达半年的冬天里，每一天我们都会听到冷。隔着厚重的棉帽子，北风的嘶吼依然萦绕耳畔。还可以听到雪落的声音，每一声都在心底堆积成洁白的凛冽。甚至麻雀的叫声在忽栖忽飞中荡漾，也像是在喊着冷。终于在某个瞬间，冷不再满足只被远远听见，它直接爬上了耳朵。

冻耳朵不像冻手脚有个过程，仿佛只是刹那间，冷就住进了耳朵。耳朵对冷的感知很敏感，却同样适应得很快。上一分钟觉得耳朵冻得生疼，下一分钟就失去了知觉。所以在外面我们不停地用手焐耳朵，手冷了焐手，手焐热了再去焐耳朵。就算如此不停地反复，耳朵依然肿了起来。那时候我们都有着两只比夏天大很多的耳朵，晚上睡觉的时候，只能平躺。耳朵也变得火烧火燎般滚热，我们却于这种热中听到了更深的冷。

有一年冬天，我在一个陌生的城市，匆匆赶往客运站。左手提着一个包，右手就焐着耳朵，却忽略了左耳。左耳已经失去了知觉，只是在某一个瞬间如针扎般细细地痛了一下，我便知道，左耳已经冻伤了。上了车坐好，我一摸左耳，虽然大小并没有变化，却冰凉梆硬，就像刚从冰箱拿出来的冻肉。这个时候是不敢用力的，那样极容易把耳朵撕裂或弄断。所以，在我们这里，说天冷得能冻掉耳朵，其实并不是夸张的话。

我轻轻地焐着，随着左耳的慢慢解冻，疼痛也悄悄地生长起来，同时左耳迅速肿大，一碰就会钻心地疼。回到家里，母亲捣了一碗蒜泥，给我糊到耳朵上。由于无法脱掉套头的厚毛衣，我一直穿着它睡了十多天，而且不出门，左耳才渐渐地恢复了。

当时已经离开那个村庄快十年了，这次冻伤，让我在疼痛中再次听到了故乡的冬天。而这次，却是在听到的寒冷中，感受到了温暖。

白发催年老

在我大学刚毕业的那一年,经常去公园里下象棋,那时对象棋的痴迷一度超越了写作。树荫之下,几个棋摊一字摆开,多是一些老同志日日流连于此。有一次,一个年轻人和一个老人下棋,两人起了口角,年轻人就骂了一句和"老"有关的难听的话。老人反问,你就没有老的时候吗?你家里就没有老人吗?

其实,当时我听了也并没有多少感慨,只觉得老离自己还那么遥远。可谁知岁月匆匆,仿佛只是刹那间,就已人近知命鬓染秋霜,一脚已经踏入老年。想起苏轼,才四十岁,就已自称"老夫",如果按古代的标准,我已经是真正的老年人了吧?

我曾观察过身边一些五十多岁的人,他们走在中年与老年的夹缝里,有一大部分表现的是对老的恐惧,觉得老了是一件很无奈又很可怕的事。怕老,是很正常也很普遍的一种心理,就像怕死一样,但是死往往不可预料,而老,却是一步步似缓实疾地走来。更多的人是一种类似于麻木的无所谓的状态,还有一部分人是少见的积极状态，觉得好时日无多，可是还有那么多事没做，那么多心愿没有完成。

怕老不可笑，但只是一瞬间的闪念就好，若是日日活于焦虑恐惧之中，则把仅有的一点儿好时光都蹉跎了。

在刚步入老年的人中，有一些人是不甘心的，总是在面对镜中的自己时，有着一种怀疑，这还是自己吗？我觉得自己并没有老，心还那么雀跃着，可是镜子里那个白发苍颜的人是我吗？甚至会逢人就问，你看我老吗？或者面对初次见面的人，也会问，你看我有多大年龄？别人出于礼貌自然是往小了说，于是他们就会有一种虚幻的满足和不真实的安慰感。

直到受到了几次真正的打击后，比如说和别人一起干什么活儿，却远落人后，会不由得感叹：老了！这才渐渐接受了自己已老的事实，然后，就会分外怀念未老之时，总是说，我年轻的时候这一点儿活儿一只手就干完了；或者在看着年轻人做什么事时会很不服气，我在你们这个年龄，这还叫事儿吗？他们开始想当年，而且经常想当年，这个时候，他们才真正地老了。

他们在忍老，忍着忍着，就由不甘变成了追忆，再变成了沉默。

而我们也会经常看见一些老年人是依然有着热血和冲动的，那种激情似乎并没有被时光消磨。他们会在玩牌时脸红脖子粗地吵架，甚至会大打出手；他们会和过往一样，专注着自己喜欢的事，夜以继日；他们会像年轻人一般喜怒形于色，不顾他人目光……他们忘了自己已经老了，家人有时会劝，你都多大年纪了，还这样？他们才会惊觉，才会恍然，只是没过多久，又是一样地热血沸腾了。

忘老，是一种本真，是一种情怀，或者可以说是一种境界。

所以，有的人老了，就真的老了；而有的人老了，身上心上并没有暮气沉沉。

卧听炊烟向天空的诉说

临近中午的时候，大雪已经停了，我和表弟也走得累了，虽然我的村庄已近在身畔，可我俩还是躺倒在厚厚的雪地上，大口大口地呼出团团的白气。从叔叔的村庄到我的村庄，短短六里地，我俩却走了两个多小时。多年以后，我依然会记得那两个在雪地中行走的孩子，一个九岁，一个六岁，那两行深深的足迹一直连接着近四十年的光阴。

躺在雪地上的我们，忽然就发现村庄的炊烟正依次地升腾而起。冬天的炊烟和夏天的是不一样，夏日的炊烟轻灵而清晰，如风中摇曳的柳条，易倒而易散。而此刻眼前的炊烟，虽然不那么浓烈，却凝而不散，丝丝缕缕地于高空中弥漫在一起，就像绕梁的歌声，于看似不动中有着诸多细微曲折的变化。

在那个疲惫的中午，炊烟第一次真正走进我的眼睛。虽然在四季里日日与炊烟相见，却只是感受到那种烟火气息。春天的炊烟浅浅淡淡，总是没有升起多高就融进空气中；夏天的炊烟却热烈了许多，同着鸡鸣犬吠，一起醉倒长风里；炊烟走到秋天，就超然了许多，攀爬得更高，似乎想成为高天上的流云；而此刻的炊烟是厚重的，如巨大的被子笼在村庄之上，我仿佛闻到了里面酸菜土豆的香气，听到了深藏的笑语。

我和表弟爬起来，走进村子，远远地看见我家的烟囱正吐着浓烟，这样的时刻，是人间与天上的唯一交流。只是，炊烟在向天空诉说着什么呢？一进门，热气扑面，二姐正坐在灶口不停地添柴火，带着香味的蒸汽从木锅盖的缝隙里挤出来，满屋里游走。柴火是玉米秸，它从泥土里钻出来，经过两个季节成长，深谙了大地的沉默。然后它们进到屋里，静听着琐碎的家长里短，唤醒着灶台上的五味杂陈，然后在燃烧中把这一切变成有形的语言，全部讲给天空。

而这些直上云霄的语言，却在刚才的时刻，被卧在雪野上的我捕捉到，却又无法对人言说，于是就在心底积累成一种诗意的成长。所以进门的那一刻，闻着熟悉的家的味道，看着每一张笑脸，我忽然就懂得了朴素生活中蕴含的幸福。所以那天晚上，我在日记上只写了一个标题——《卧听炊烟向天空的诉说》，内容却一片空白，我没有办法写下那种幽微而复杂的感受。

即使在近四十年后的今天此刻，想起故乡遥远的炊烟，写下的，却依然不及那年那日所思所想的千分之一。只觉得那些炊烟如此珍贵，它来自春天人们在大地上的耕种，来自夏日人们挥锄时倾洒的无数汗水，来自秋季被笑容浸染的心情，更来自母亲顶着北风抱一捆柴火进门的身影。这四季里多少的倾注，才余下房前那一大垛柴火，给我们以温饱和安然，而炊烟就是庄稼最后的足迹，写满了天空。

　　千百年来，村庄的炊烟讲述了多少人间的悲欢，也许只有天空记得。我虽然只在那个冬日的中午听到了只言片语，却在心底写下了一生的幸福与眷恋。

第四辑
从一朵花
跑向另一朵花

　　鸟儿从一棵树飞向另一棵树，风儿从一片云扑向另一片云，阳光从一朵花跑向另一朵花。心里的河淌入身畔的河，眼中的暖流入时光的暖，梦仍在，多好的人间。

成长天空中最美的那朵云

春天被打翻在四月的黑土大平原上，倾洒了一地的绿色和花朵。燕子们身上驮着阳光，在河边的软泥上，一点一滴地寻找着构建家园的材料。东边来的风，轻轻巧巧地扑入清清的河水里，融进那一脉不散的微笑。

我便坐在村西的那个短坡上，坐在如雨的阳光里，身前身后都是细茸茸的新草，各种小飞虫欢快地穿梭于其中。在这样的时候，我喜欢一个人待着，喜欢心里无边无际的幻想。刚才还空空荡荡一片新鲜蔚蓝的天空，抬头间竟多了一朵云，柔柔的白，被阳光和清风推着飘过来。我的幻想和憧憬，就像这朵牵住了我目光的白云，忽生忽灭，无拘无束，变幻莫测。我看到它的影子涉过了小河，追逐着几只惊慌的蝴蝶，走向眼前那片青青的草地。

是阳光的手吗？把它洗得那样洁白，像一团拧干了还没来得及展开的细纱。坐在上面一定舒适无比，悠悠然俯瞰春天里所有美好的事物。那一定是神仙吧？慈祥地笑着，躲在云深处，惬意地喝着葫芦里的酒。云的影子已经开始爬这个短坡了，它离我那么近，近得可以看到每一丝云气的涌动。我睁大了眼睛，想透过那一团朦胧，去看里面的神奇。到我头顶的时候，我站起来，努力向上跳着，以为总有一次会脱离大地的怀抱，投入到那一朵神秘中去。

　　白云和神仙都没有理我，他们过去之后，只有热情的阳光继续拥抱我。我不再去追着那朵云看，几只鸭子在小河里扑腾嬉戏，在河水的笑容里添了几个美丽的酒窝。那时候还很小，并不知道什么描绘春天的优美的诗词，所以眼前的一切便更自然真实。就像忽然有几只鸟路过我的眼睛，投入小河对岸那片羞涩而颀长的林子，心底便也刹那掠过一种特别的感动或者欣喜，我不知道那是不是诗意。

　　低头间，我看见两只蚂蚁正在相遇，它们触角抖动，竟然释放出巨大的喜悦。我的目光一直跟随着相偕而去的它们，直到消失在绿草深处。左侧有一朵不知名的花儿，小指甲那么大，淡黄色，一只和它穿同样颜色衣服的蜜蜂正围绕着它，发出细微的低语，不知正在对花儿讲述着怎样的故事。还有那边，两只很年轻的白蝴蝶忽上忽下，飘飘悠悠，仿佛是被风吹了起来。便想到，我如果有一双翅膀该多好，不用坐在云头，就可以自己飞。只是，我该拥有一双什么样的翅膀呢？如蜻蜓般透明的翅，可以穿过阳光的阻隔，只是它飞不上树顶；如蝴蝶般洁白或斑斓的翅，像空中绽放的花朵，只是下雨了怎么办？如鸟儿般灵活而有力的羽翼，能够飞上高高的天空，飞越千山万水，却无法领略花间草丛的乐趣。

就这样，我坐在四月的青草地上，一遍遍不停地幻想。当太阳把我的影子压缩得越来越短，我才站起身来，发现春天又长大了许多。回去的路上，我转头看小河对岸的那片林子，看不见那几只鸟儿的身影，那是我自己的乐园，只属于夏天。

夏天的时候，我就会挽起裤管，一手拎着一只布鞋，从小河上游一个很窄很浅的地方，涉水而过。清凉的河水从小腿上流过的感觉，光着脚踩在河底软泥上的感觉，南风吹在脸上的感觉，细腻入微，就像阳光落在水面上，一种清澈而温暖的生动。

穿上鞋子，我奔向那片林子，像一只在地上飞的鸟，一路的青草轻轻咬着我的裤管，试图阻挡我的风也被我撞翻了。林子不再是春天的羞涩，每一棵树都热情繁茂，与风儿缠绵着欢笑。林子里很干净，没有杂乱丛生的蓬蒿，平整的土地，零零星星的草儿，我靠着一棵树坐了下来，林子到河边是一大片丰美的草地，我知道里面隐藏着一个热闹的国度。恍惚间觉得自己也是一棵树，和别的树一起交流说笑，眺望，舞蹈，牵住每一缕路过的风，挽留每一只路过的鸟，守候阳光，守候月色，无忧无虑地迎来每一个春秋冬夏。

我不禁笑自己的胡思乱想，午后的阳光，被细密的枝叶筛去了温度，被看不见的风滤去了杂质，泻落下来的，只有明亮和美丽。阳光和枝叶共同在地上绘画了一幅斑驳的图案，风也参加了创作，于是那些图案便动了起来。再仔细一看，不动的图案只是我的影子，原来我也不知不觉地参与了绘画。于是伸出手来，变换不同的手势，画面上便出现了一只兔头，然后变成一只扇动翅膀的鸟儿，再变成半截儿摆动的蛇，或者张着嘴叫不出声的小狗……如果我是我的影子，扁扁地在地上，那是我动还是坐着的那个人在动？或者我们同时在动？别人如果踩在我的身子上，就像和伙伴玩踩影子的游戏一般，那么我会不会觉得疼？

从头顶枝丫间掉下来的一声鸟鸣，砸在我的头上，中止了我的想象。抬头看，一只小巧的黄鸟正站在一根枝上，灵活地不停改变着方向，向着远方张望，似乎是看到什么有趣的事物，便高兴得叫出声来。我站起身，朝着黄鸟看着的方向，却并没有看到什么。于是我开始爬树，树只有碗口粗，我们村里的孩子都会爬。手脚并用，树不言不动，只用叶子的轻微声响鼓励着我。终于爬到枝丫粗壮的地方，发现那只黄鸟早已飞走，可能看到好玩的奔了过去。我抓住一根结实的枝，直起身，转动脑袋四处张望。那片草地一下子变小了，村庄也变得近了，我能看见邻家的孩子正被我家的花狗追得疯跑，而南边的田地里，大人们正在挥汗如雨，小河流出的那个小水库，几个孩子正在水里扑腾。

忽然觉得自己就变成了一只鸟，看着那些熟悉而又亲切的场景，仿佛张开双臂就能飞过去。飞过小河里的伙伴们，飞过田地里大人们的头顶，飞过村庄，想象着那些人看到我飞过时震惊而羡慕的神情，便一时很得意，差点从树上掉下来。于是赶紧从树下溜下来，看见那边的草地上来了一群羊，还有一个放羊的孩子。

走过去我才发现，草地的深处还盛开着一些不知名的野花，正高擎着芬芳的杯盏，盛满了阳光酿的酒。那些羊正咀嚼着从花里洒落出来的阳光，放羊的孩子躺在草地上，一只腿屈撑着，另一只腿搭在那条腿上，脚尖不住地颤抖着挑逗着阳光。他一只手垫在头下，另一只手拿着一根长长的草管，在指尖随意地转动。

我也躺在他身旁，虽然他不是我们村的，可是我经常来这片林子，他经常来这里放羊，于是就熟悉了。我们以相同的姿势躺在那儿，互相说着引以为豪的事。比如他说自己做了一个鸟笼，四个滚儿四个拍儿，滚住拍住好几只长着人手的鸟；我就说，钓鱼的时候钓上来一个瓶子，里面装着一个古老的藏宝图。我们都知道那些不是真的，我们都喜欢幻想，可是我们却愿意听彼此说，愿意一起遨游那个神秘的世界。

说到高兴处，我们的心情忽然就如七月的阳光一般泛滥了。我们拿出弹弓，追着一些鸟儿到林子里，然后一通乱射。虽然连一根鸟毛都没有打下来，可是我们却说，肯定有些鸟儿中了弹，坚持着回到窝里养伤去了。于是我们追逐着翅膀的痕迹，想要找到它们的老窝。跑到远处另一片林子的时候，果然看到树上有个黑乎乎的窝。于是我们远远站定，比赛着射弹弓，看谁打得准，各自刚打中一下，只见那个窝里忽地一下像涌出了一团烟雾一般。我俩撒腿就跑，使出所有的力气，快要把影子都甩丢了。

回到刚才的草地上，我们都累得躺下来，也顾不得那些羊去了哪里。喘匀了气之后，我说："幸亏咱俩离得远比赛，要不就得被马蜂蜇死！"他却很神秘地笑："其实我早知道那是一个马蜂窝！"我也笑，并没有反驳他。然后我们就展开想象，说着那些马蜂在窝里做什么，可能正在开会，或者举办联欢会。又说它们找不到我们，会不会气得自相残杀。我们想得起劲儿，说得热闹，却谁也没提出来再去看一看。说了老半天，他忽然惊叫一声，一跃而起，跑着去寻找他的那些失踪的羊了。

回到家里的院子，我像平时一样站在那儿张望了一会儿，村南是低矮而无边的大草甸，在东南边，在蓝天低得快要挨着地平线的地方，有一座很大的山影，比蓝天的颜色略深略重。我很庆幸生活在这个村庄里，让我对山有着一种既陌生又熟悉的感觉。虽然从没有去过山里，从没有很近很近地倾听过大山的低语，可是每日里，我的心早已生了翅膀，飞向那一带山影，用自己的想象把它装点得神奇而美好。

进了房门，父亲正在兴致很高地写毛笔字，桌上铺展开很大的一张纸，上面压着一个很古老的镇纸，似石似玉，墨香流动，熏染得后窗外墙根下的几株黑悠悠都快要成熟了。怕父亲责我练字，便忙悄悄地又溜出门。忽然觉得南边的大草甸，就像一幅铺展开的巨大画纸，太阳的金墨依然在不停地涂抹着。而东南方的那座山，就像一个石头镇纸，没有它压着那一片繁华，大草甸早被不安生的风吹得翻卷了起来。

那是一座石头山，村里人都叫它老山头，它站在松花江的南岸，看不到一丝绿色，似乎草木和鸟鸣都把它抛弃了。可是白云没有抛弃它，每日里从它身后涌出来；太阳没有抛弃它，每天的清晨从它身边不远处升起来；我的目光也没有抛弃它，每天琢磨它无数遍，它已在我的眼中莹润成一块青玉。有时会看着它哼着《童年》：没有人能够告诉我，山里面有没有住着神仙。是的，没人能告诉我，就算村里年纪最大的人，也没有去过看近实远的老山头。可是后来我就信了，山里一定住着神仙，即使没有，也早被我的想象所创造了出来。他白天静坐于幽深的洞府里，或者偶尔隐藏于一朵云的深处，飘过每一个村庄。他夜里站在高高的山巅，那里伸手就可触到星星，或者他进入我的神奇的梦里。

春天的时候，山里的神仙便用神通把江冰融化，把大草甸用绿色覆盖。夏天，神仙更是焐暖了江水，把大草甸点缀得缤纷无比。只是他用尽了法力，当完成这么浩大的工程后，却没有力气来装点自己居住的那座山。于是夏日或者秋日里每一个晴好的日子，我都会投身大草甸里，寻找神仙的足迹。

　　一群蚂蚁的行程，可以牵着我的目光进入一个奇妙而有趣的世界。一只青蛙跃入池塘，便砸碎了一个热闹的乐园。甚至一株草果，一只飞鸟，满地爬虫满天飞虫，都能把我的内心搅扰得如波光荡漾。我用无数的情节和细节，来补缀每一个事物间的空隙，于是大草甸便成了我自己的领地。而偶尔捡拾到的鹌鹑蛋，或者邂逅一只孵蛋的野鸭，便是神迹一般的存在，赐予了我无尽的快乐。在我的王国里，可以和一丛草对视，可以和一朵花说话，可以和一棵树相依，可以和一群鸟追逐。所以流连着，热爱着，幻想着，幸福着，总是不知天已夕暮。

　　天已夕暮，我坐在门前的短墙上，在满天的火烧云下，在凉爽的风里，在归巢燕子的呢喃声中，双脚轻摇，把映进眼睛里的一切都化作最美的想象。大草甸已经朦胧得像个正在酝酿着的梦，总觉得一白天身处其中，也如在梦里一般不真实，此刻远望才发现，似乎还有更多的神奇没有被我发现。一遍遍的幻想里，夜色便淹没了村庄。

　　冬天的时候，老山头里的神仙似乎一直在睡觉，除非是下雪的时候，他才出来透透气。天空中的云不再是一朵一朵，而是弥漫着整个天空，灰蒙蒙间万花飞舞。可是我一直认为那不是云，而是寒气的覆盖，真正的云在更上方，依然是洁白的大朵大朵，神仙也依然躺在云朵里，无聊地把白云扯碎抛下，于是村庄和大地便被雪花包围了。我们一些伙伴经常在无雪的日子里，去大草甸上探寻一些不知名的足痕，顺着足痕寻找着。或者拿着扫帚去村西的小水库，扫出一大片晶莹的冰面，滑冰鞋带着我们飞一般地滑行，爬犁载着我们奔向冬天的欢乐。

又一次春天渐深的时候，那一天清晨，我像往常一样，和大白公鸡站在墙头上，眺望着老山头伴随着太阳，在东南边熠熠生辉。看着大草甸正在生长，拔节的声音氤氲着所有的生机。那个午后，我依然去了小河西边的那片树林，依然看见那些羊，它们仰着头，舔着低垂的蓝天和白云。依然和那个放羊的孩子躺在新鲜的草地上，任由阳光冲洗，说着只有彼此听得懂的奇迹。我还是去了大草甸，在里面寻找着崭新的乐趣。黄昏，我还是坐在门前的矮墙上，一遍遍幻想。

我没有告诉老山头，没有告诉神仙，没有告诉放羊的伙伴，没有告诉草甸上所有的生灵，也没有告诉檐下的燕子，我们明天就要搬走了，搬进陌生的城里。

第二天的上午，搬家的汽车载着我快速地成长，看着头顶那朵跟随着我的白云，心里忽然没有了幻想，只充满着初涌的离愁和渐浓的乡愁。那一刻，我知道，自己的童年结束了。

父母寄出的冬天

二十多年前的初冬，正是小阳春的时候，我去邮局寄一些投稿的信件，一路上被难得的冬日暖阳轻拥着，只觉心里一直以来投稿失败的阴影，被阳光洗得由淡趋无。

在邮局大厅里，我买了信封邮票，坐在那儿逐一填写。不知什么时候，有两个人坐在我对面，低低地争吵着什么。抬头看，是一对中年夫妇，五十多岁的样子，男人穿着一件很旧的棉军大衣，女人系着一条蓝色的三角围巾，这种亲切的乡下装扮立刻让我想起曾经的许多岁月。女人拿着一个单子很沮丧的样子，男人还在数落她："照着写你都能写错，你还能干点儿啥？"女人小声地反驳："写错了就写错了呗，让你去再要一个单子就这么费劲？"

男人拿着针线笨手笨脚地缝着一个大包裹，女人只好自己又去要了一个单子回来，往男人眼前一递："你能，你写！"男人声音高了不少："我要是会写字还用你？"女人不再理他，四处看了看，然后有些不好意思地对我说："孩子，你能帮我把这地址填上吗？

我总是不知道往哪儿写。"我一边照着一张纸片上的地址填写着，一边问："这是给谁寄东西呢？"女人立刻满脸地笑："给我儿，他在外地上学，我和他爸今天进城给他买了一件棉袄，在外地怕他冻着！"

我看收件人的地址是在河北保定，就说："河北那边冬天可比咱们暖和多了，冬天可能不用穿棉袄吧？"女人很认真地告诉我："我儿从小就怕冷，身子骨儿太单薄，到哪儿都得穿棉袄！我和他爸给买了一个挺好看的棉袄，你看看！"男人的针线这么半天才缝起了一个头儿，女人拨拉开他，男人很不满："我这才缝，你就又掏出来！"女人瞪了他一眼："瞅你干那点儿活儿，这么半天才缝那么点儿！"她从包裹里拿出塑料袋装着的棉袄给我看，是当下比较流行的那种，夹克式的棉袄，深绿色。我夸了几句，说过几天我也买这样的。女人脸上的笑就更盛开了，男人的脸上也生动了许多。

帮他们填写完单子，男人此时也有些高兴了，问我："你是给别人邮信吗？"我说是，男人像是想起了什么，对女人说："咱们也该给儿写封信一起邮过去！"女人立刻动心了，她去那边要了一张纸，可是拿着笔并不写，拿眼瞅着男人。男人说："你不写信瞅我干啥？"女人甩了他一句："每次不都是你说我写吗？"男人一把抓下头上的狗皮帽子，很为难的样子，然后对我笑出满脸皱纹："孩子，还是你帮俺们写吧，她写字太费劲！"

我问他们，想对儿子说些啥，女人立刻说："多吃饭，吃饱！"男人说："多锻炼身体，可要是和别人打架，回来我打死你。"女人白了男人一眼，说："咱家的老母猪一个多月前下了十二个小猪羔儿!"男人回瞪了她一眼:"尽说没用的!儿啊,抓紧在学校里找个对象!"

他们依然在说着,我听着,边写边笑,笑着笑着,就觉得眼里濡湿。前几年我在外地上大学时,也曾收到过母亲寄来的棉衣,里面也夹着母亲写的一封很有意思却让人笑着流泪的信。男人女人最后说得自己都笑了起来,我多想能把这笑声也寄给他们的儿子,让他感受一下这种温暖与牵挂。我猜想,那个孩子收到棉袄与信之后,身畔和心底一定如春暖花开一般吧?

一切都弄好了后,我们一起走出邮局的大门,淡淡的阳光依然在身前身后洒落。他们笑着和我告别。那一刻,我心里充盈着柔软的感动,觉得身畔的小阳春更暖了。

遥远的雪花和贺年卡

　　下雪了，走在黄昏路灯下的我，就那么恍惚了一下。雪花扑面，那么熟悉的感觉，把我的心清凉得通透，仿佛仍是三十多年前的那个少年，在雪花里放飞着一片片的美好。

　　和几个要好的同学，走在小城落雪的街上，忽然想起，没几天就是元旦了，于是就去买贺年卡。学校门前街边的小店里，或者书摊上，各种各样的贺年卡已经摆上了，有的非常精美，打开还会响起音乐，或者组成一个立体的图案。我们只挑那些最普通的，毕竟只是为了表达一份祝福。

　　朴素的年月，简单的青春，一年到了尾声，这些贺年卡就化作了一分分美好，与雪花一起，画上一个句号，或者，走进一个新的开始。班里要好的同学，是要互相赠送贺年卡的，也经常会寄给远在外地的亲戚或者朋友，这样来回回地，便交换回许多的祝福与快乐。

　　我们挑选着贺年卡，一群女生也在另一边挑着。就都偷眼去看，看她们选了什么样的，猜着她们会送给谁。有个同伴一直盯着一个女生看，我们都知道他挺喜欢那个女生，于是就悄悄地捅他，提醒他再那么看，就被发现了。他红着脸，低头拿起一张，上面除了"新年快乐"几个字，还有很好看的一句英文，意思是我喜欢你很久了。我们就笑，他也腼腆地笑。

又一天下午放学后，才四点多点儿，天就已经黑透了，依然飘雪。我们几个走在街上，都问那个同伴，那张贺年卡上写了什么，他说只是普通的祝福。我们不信，强行要求看看，他只好拿出来，果然只是几句不咸不淡的话，便很失望。问他，什么时候送给那个女生，他红着脸，似乎有些不敢。这时有个男生说："她一会儿准从这儿经过，你直接给她就得了！"他依然有些犹豫。

我们就站在路灯下等，果然，没过一会儿，那个女生的身影就出现了，她红色的帽子上已经落满了雪。她低头走着，并没有看见我们，不知谁喊了她一声，她转头，我们说："等一下，他找你有事！"然后一脚踹在那个同伴的屁股上，他踉跄着跑向女生，我们在后面笑着，看着。他把贺年卡拿出来，往女生眼前一递，也不说什么，女生也忍不住笑，接过来，说了声谢谢，然后冲我们大家挥挥手，转身走进风雪里。他跑回来，脸上全是笑，兴奋得不得了，我们都摇头叹息，叹他连句话都不会说。

第二天同样的时候，我们依然在那盏路灯下，逼问他，那个女生有没有回赠他贺年卡。他起初说没有，后来我们就要搜他的书包，他才说有，极不情愿地拿出来给我们看。传看了一通，也都是很简单的祝福语，并没有别的，便有些失望。不过他却宝贝一般赶紧收起来，脸上控制不住地笑，卡上还带着几朵晶莹的雪花。

另一个同伴却因此受到了鼓舞，他让我们帮他挑一张很美的贺年卡，然后偷偷写了几句话。于是我们和他站在路灯下，依样画葫芦，等着他喜欢的那个女生经过。那女生走过来了，高高挑挑，伴着飞舞的雪花。只是我们谁也不敢喊她，我们知道她很厉害，不高兴起来谁的面子也不给。她看见了我们，冷冷的没有表情，我们都看着那个男生，他终于鼓起勇气，走上前去，说："这个给你！"

　　女生依然没有笑，接过来，打开，看了几眼，脸色更冷了，然后双手灵活地几次翻转，那张贺年卡就化作了许多碎片，和雪花一起飘落。女生很高傲地走了，男生却傻了。我们嘻嘻哈哈地笑，他一脸懊恼，问他到底写了些什么，惹得人家那么生气。他悻悻地说，就是写了些喜欢她的话，然后很不解地问："怎么他的那张卡上有'我喜欢你很久了'，女生不生气，我写了，怎么就气成这样？"

　　都笑得不行："傻啊！人家那是印在卡上的字，你那是自己写的，能一样吗？"他看着那些碎片渐渐地被雪花埋没，脸上的难过渐渐地隐去了，反而开心起来："至少让她知道了我喜欢她！"我们齐齐地鄙视他，不理睬他，转身就走，他笑着大步跟上。回头看，那盏路灯在暗夜里亮着，还有那些飞旋着的雪花，越来越远，像许多正在模糊远去的往事。

　　就像我此刻眼前的路灯，雪花，依然朦胧着许多过往。多想再一次经历那场遥远的雪，再一次在贺年卡上写下纯净的祝福，再一次在路灯下让心里盛满青春的悄喜轻愁。

闻　雷

在乡下，一直流传着一件有鼻子有眼的事。说是某个午后，大家都在田地里干活儿，响晴的天，太阳肆无忌惮地狰狞着。这个时候，空荡荡的天上就凭空出现一朵很大的乌云。然后雷声就突然间大作，人们悚然抬头，粗大的闪电不停地击在不远处的地面上。人们看见一只像盘子那么大的黑蜘蛛飞快地奔跑逃窜，闪电追着它。只不过几分钟，雷电停止，一场大雨落下来，然后云收日出。

从小就总听人讲这个故事，甚至连地点都说得分明，甚至还有一些年龄大的人自称当时亲眼看见。于是对雷就有了恐惧之心，特别是又有传言，说某个村一个做豆腐的人，坐在家里，就被雷劈死了。人们给他穿寿衣的时候，发现他后背上有着类似甲骨文的图案，是被闪电烧出来的。有老人说，这是天书的字，谁也不认识。那时总有一些懂得很多的老人，能够解释一些稀奇古怪的现象，比如雷劈蜘蛛的事件，有老人就告诉我们，那是因为那只蜘蛛成精了多少年，遭天谴了。

我们觉得，雷不但劈妖精，也会劈人，于是夏天里电闪雷鸣的时候，我们都躲在家里。渐长之后，明白那些都是牵强附会的传说，就少了一丝恐惧。不过依然是对雷电感到害怕的，其实那只是人对大自然的一种本能的敬畏。

每年的农历二三月，人们开始等着第一声雷。我们这里的雷响得晚，很不应节气，按理惊蛰就会打雷，可是惊蛰时，我们还在下雪，还在冰封。我们东北大平原上的第一声雷往往不是那么响亮，或者就像是从遥远处滚滚而来。可人们依然听得见，就都有了欣然的神色，雷声敲开了一扇门，一个生机勃勃的时节已经开始了。有人听着雷声念叨着"雷打一百八"，默默算着第一声雷后的一百八十天是什么时候，那一天开始下霜。

大雨的夏夜里，被雷声惊醒，听着雨打万物，然后某个瞬间闪电映得满室通明，心里就默数着，想知道雷在几秒后到来。最怕那种毫无征兆的响雷，猝然之下，会让人心神剧震。有时候窗玻璃会在这疾雷之下，发出颤抖的声音。不知是不是我的一种错觉，总觉得雷声响过之后，雨会更大一些。

那时候谁家的母鸡要是趴窝孵蛋，就会把它和窝挪到屋里的炕上。我家的炕上就有一只专心孵蛋的母鸡，它极为认真，一动不动地卧在那里，身下是许多热乎乎的蛋。有时候我很近地看着它，它也不惊不怕，一心在蛋上。很有意思的是，如果家里人都出去了，会把一个扫炕的笤帚放在它旁边，给它做伴。特别是打雷的时候，会在它的窝上插一把张开的剪刀，据说可以保护那些蛋中孕育的小鸡不被雷震死不被闪电晃死。雷声震天，母鸡依然静静地卧着，伴着身旁的那把剪刀，它偶尔会偏起头去听那雷声，眼中有着好奇，却无恐惧。

有一次和大人们去田地里，也是很热的天，一点儿云影都没有，然后我们就听到了雷声，介于响亮和隐约之间，辨不清从天空哪一处传来。以往我们也经常能听见"旱雷"，就是有一层并不厚的云，打了雷也不下雨，可是这种万里无云的天，居然也能打雷，就特别罕见了。有的老人摇头叹息，说这不是什么好预兆。可我们这些孩子才不管什么预兆，大声欢呼着一个古老的童谣，只是如今早已忘了内容。

那一年并没有什么不好的事发生，庄稼照旧丰收，人们依然幸福，我们也如故成长，而且成长得飞快，比大地上的庄稼还快。转眼间，曾经的那一通旱雷就已响过了三十多年。此刻的深夜里，窗外的闪电不断地撕裂着黑暗，连绵的雷声唤醒着我心底的雷声，一场场记忆的雨落下来，我努力去寻找能淋湿我的那一滴。

数尽流连曾几宵

吃过晚饭，你欢呼着和家人一起走出院子，还不忘在口袋里装上弹弓和泥弹。一辆两匹马拉着的车正停在门口，三舅正坐在车前沿抽烟。你们上了车，三舅挥动长长的鞭子，鞭梢在空中炸开了一声脆响，两匹马便颠颠地跑起来。你坐在马车上，看着花狗在后面追赶了一会儿就掉头回去了。然后你转回头，晚照迎面而来，把你的影子打到车后的土路上。

深秋的风裹挟着庄稼地里成熟的香气，随斜阳在天地间漫涌，两匹马仿佛游在水里的两条大鱼，鬃毛和尾巴随波飘舞。土路高低不平，布满了蹄痕和辙印，马蹄声敲打得尘埃和阳光飞舞。你在颠颠簸簸之中，拿出弹弓放上泥弹，艰难地瞄准着路旁树上的鸟窝。下了一个大坡，和村西水库的大坝平行了一段之后，马车便过了那座很结实的小桥，随后折而向北，爬上了一个稍陡一些的短坡，再继续向西一小会儿，就到了自家的苞米地头。

地里的苞米秆都已经被割倒，一捆捆地相隔着码在那儿，在它们之间，便是一堆堆的扒好的苞米棒子，在夕阳的涂抹之下，越发金黄。三舅把马车顺着田垄赶进了地里，在每一堆苞米棒子旁停留，于是你和家人便捧着那些苞米棒子往车上抛。起初的时候你觉得很有趣，渐渐地就累了，便又掏出宝贝弹弓，目光四处扫射，想寻觅一只偷食的田鼠。

每装满一车，便要送回家里，每一次你都没有随同回去。你手持弹弓守在地里，渐渐地，天就黑了下来，长长的西风吹拂着一地干枯的苞米秆和叶，那簌簌的声音便融满了夜色。你有些恐惧，向着每个发出可疑声响的方向射出了泥弹之后，便跑到了地头。顺着土路向东走到来时的短坡顶上，东边的低处，便是小水库，此时静静的像一面暗淡无光的镜子。你用尽力气向那边射出了泥弹，然后耳朵便捕捉到一声很轻微的入水声，虽然黑暗，可你还是看到了水面上漾起了一圈圈的涟漪。忽然，你发现镜子亮了起来，抬头看，大半个月亮正从村庄的那边爬上来。

这时不知一只什么大鸟，很难听地叫了一声飞过头顶，你吓了一大跳，向着那渐远的啼声连连发射。小水库那边的村庄，已经亮起了灯火，你来回地走着，不时地向着坡下的土路看，忽然想起，就在那边不远处，有一片废弃的坟地，便觉得身前身后都有什么东西在窥视，连地上自己在月光下的影子，也变得狰狞起来。你把弹弓握得紧紧的，这个时候，你听见远远地传来一声鞭哨，顷刻间把所有可怕的东西都惊得没了影踪。然后你听见了马蹄声，再然后看到马车的影子出现在坡底下。于是觉得胆子大了很多，周围也没有那么黑暗可怕了。

这是最后一车了，车上堆得高高的，你和姐姐们爬了上去，你把苞米棒子用手扒拉出来一个浅浅的坑，便躺了进去。你看到月亮已经到了头顶，它追赶着马车，照着你的脸。有风轻轻流淌，吹得月光和苞米棒子的清香四处弥漫。你用弹弓瞄准月亮，嗖地射出了泥弹，泥弹转瞬就消失在夜空里，你就想象它能不能飞到月亮上去。你觉得马车跑得很快，快得路旁的黑暗中跑出什么都赶不上来。于是你便放心地躺着，在颠簸之中，觉得两匹马和车，还有三舅和姐姐们，都成了月光里的游鱼。每当经过荒凉地段或者坟地，三舅的鞭子便在挥舞之中脆脆地响，伴随着两匹马突突的响鼻声，马蹄和车轮便把夜色连同恐惧都踏扁碾碎。直到村庄的灯火扑面而来，马车停在了家门前，你竟有些不愿意起身，很是留恋刚才的所有感觉。

是的，你很留恋那半个月亮，也经常想象。只是，这个夜晚，并没有月亮，连星星也没有。爸爸去前院大表哥家唠嗑儿，姐姐们去后院老舅家里看电视，只有妈妈在灯下一边缝补，一边听着收音机里的广播剧，你觉得很没意思，又不想去找伙伴们，于是便出了门。你顺手在门边拿起自制的三节棍，院子里黑漆漆，只有花狗摇着尾巴眼睛亮亮地看着你。你没有理会热情过度的花狗，径直走到院子的东北角，那里有个小小的园子，里面是高高的柴火垛。

你把三节棍耍得呼呼带风，仿佛要把黑暗中那些无形的存在打跑。然后你便攀爬上了高高的柴火垛，把自己埋在里面，只露出脸，干透的秫秸叶在身边耳畔细细碎碎地响。你看向夜空，无星无月，你就觉得夜空垂得很低，低得你伸手就能触到。你喜欢躺在这里，特别是在夏天晴朗的夜里，听着四处的虫声，看着满天的星星，你觉得自己隐藏在夜晚最深处，没人看得见自己。你喜欢这种感觉，只有自己，和夜。

忽然你听到了路的远处传来了马车声，便精神一振，把脸也淹没在柴火垛里，听到马车经过门前，你猛然发出一声尖锐而恐怖的叫声。那声音带着锋芒，刺透黑暗，刺得拉车的马猛地一跳，刺得赶车的人鞭子差点脱手，可是四顾之下，都是茫茫夜色，并没有发现什么，这才疑神疑鬼地继续赶车。你也喜欢这样小小的恶作剧，在星月满天的夜里，或者星月潜形的夜里。

你想起了夏天的时候，有一个黄昏心血来潮，便踩着一地的夕阳，去六里地外的叔叔家。路两旁是高高的杨树，在杨树的外面，便是无边无际的庄稼。风儿从庄稼地里钻出来，缠缠绕绕地爬上了树冠，挑逗得那些树叶一片笑声。你就被一路笑声领到了叔叔的村庄，你找到了叔叔的家，可是门却锁着，只有那条黄狗在院子里冲你摇头摆尾。你和邻居打听，才知道叔叔一家都去邻村看电影了。于是你就往回走，虽然此时天已经暗下来，可是你不怕，你的口袋里揣着自制的七节鞭。

走在来路上，你忽然觉得应该走近路，这样可以节省时间。于是你看到庄稼地里有一条毛毛道，便走了进去。毛毛道就是干活儿的人们图方便，在庄稼地里踩出来的一条很细的路，横穿田垄。你走在毛毛道上，一步一个垄，非常均匀。天色暗淡，在两边高高的苞米阻挡之下，便越发像深夜。你已经看不清路，只是凭着脚下的距离，一步一步向前迈，有时候会不小心滑进垄沟里。苞米狭长的叶子不停地伸过来，在你的脸上身上抚过。

你在走着，风也在你身前身后沙沙地走着。忽然间，你听到一个清脆的声音，轻轻的咔一声，在寂寂的只有风同行的夜里，是那么清晰。你立刻停住，侧耳细听。在庄稼海洋的深处，隐约传来脚步和人声，偶尔伴随着一声咔。你明白了，定是有人在偷掰青苞米。你把七节鞭拿出来，缠在腕上，并后悔没有带弹弓出来，否则就可以朝着那个方向射上几发。你听了一会儿，便提气轻身，无声而飞快地向前奔去。你在黑暗中跑得那么快，连苞米叶子都拽不住你。

终于，你跑累了，可是庄稼的海洋还是没有到岸。你离开毛毛道，钻进苞米地里，然后在一处叶子密集的地方，躺在垄沟里歇会儿。向上看，几点星光在叶片的缝隙间小心翼翼地探出头来，仿佛在窥视正气喘吁吁的你。再没有听到偷苞米的声音，你的耳朵却捕捉到十多步远的毛毛道上有人走路的声音。一步一步，不疾不缓，鞋底与垄台的接触发出低沉的声响。你紧张起来，悄悄把七节鞭打开，脚步声经过你，继续向前。直到声音远得融化在夜色里，你才重新把七节鞭缠好，站起身，掸掉身上的尘土，重新折回到毛毛道上。

你又奔跑起来，觉得速度能把黑暗和因黑暗而诞生的恐惧抛在后面。蓦地，你觉得呼吸一畅，清风扑面，像一条冲出水面的鱼，看到了满天星光。终于跑出了巨大的苞米地，村庄就在前面不远处，明亮着，温暖着。

你仿佛听到了有人在呼叫你的名字，你真的听见有人在呼叫你的名字，你激灵一下从回忆中清醒过来，轻轻地从柴火垛上溜下来，再从黑暗中走向院门。一束手电筒的光打中了你的脸，你睁不开眼睛。几个伙伴不由分说，拉起你就走，并告诉你，带你去玩好玩的。于是你跟着他们走，他们跟着那束手电筒的光走。走到村子地面的最高处，你们都看到南边大草甸里燃起了一条条的火焰，蜿蜒屈展着，像是天上的闪电落在了地上，并放慢了所有的动作。于是沉沉的夜便被火光割划成了几部分，而那一条条火焰还在缓慢地行走着，就像在黑色的大地上写着跳跃的一笔。

你一下子明白了，便和伙伴们一路欢呼着向村南跑去。你一直对放荒有着一种神秘的向往，放荒，就是在深秋的时候，把野地里的枯草点燃，你那时并不知道这么做的作用，只是觉得很壮观，很有吸引力。离得近了，你发现火势很大，把夜都照亮了，和远望一点儿都不一样。你们避开那些火龙，到了草甸更深远处，那些火光再度被黑暗压缩成了一幅小画。有个伙伴掏出火柴，你们聚拢着，挡住那些好奇的风，终于，第一丛枯草被点燃了。

你们都弯着腰，好几双眼睛也被那一点点火光点亮了，那火光在你们眼中越来越明亮，你们看向别处，都觉得黑暗被眼睛照亮了。那一簇火苗中逐渐抽出一缕来，向着一个方向延伸，开始还很细，慢慢就粗壮起来。你们兴奋地看着火蛇向着远处爬去，你却忽然发现，那火居然是逆着风的方向蔓延，正想得出神，便被别的玩法给夺回了注意力。一个伙伴说点成一个大圆圈，于是你们便开始行动，一个环形的火形成了，你们站在圈子中间，或者跳进跳出，只觉得快乐至极。受那个伙伴启发，你们又想出了好多形状，五角星、三角形什么的，火在你们的手下燃起，燃成了一个个心中的图案。

你在火光之中，向北遥望自己的村庄，村庄北高南低，从这里望去，层层的灯火像是一座很高很大的楼房，当然，你只是在电视中才见过那么高大的楼房。你在想，这时如果有人站在村里向南张望，看到你们几个燃着的这些图案，会不会感到惊奇？虽然天阴沉沉，星星月亮都失踪了，可是，你觉得，有这些亲手燃起来的放荒之火，比星月更奇特的发光的图案，那么这个夜晚，便更美丽，更值得留恋。

回去的路上，你和伙伴都不停地回头看着，那些美丽的火依然在缓慢地燃烧。那个夜里，你站在院子里，向南望了很久。直到那些火也玩得倦了困了闭上了眼睛，直到黑暗重又笼罩了大草甸，你才回到屋里，一头撞进了梦里，梦里不停地变换着你所眷恋的那些夜晚。不知什么时候醒了，你觉得这个深秋的夜里有点儿冷，向窗外看，目光便陷进无尽的黑暗里。

冷的感觉让你记起了那年冬天，你还更小的时候，一场大雪初晴，姐姐们带你在院子里堆了一个很大的雪人，你们把她打扮成很可爱的小女孩。那时候的你，傻傻地担心夜里雪人会逃走，所以一直不想睡觉，总是坐起来看看窗外，看到雪人还在看着你，才又躺下。想着，担心着，便一不小心被梦抓走了。从梦里挣扎出来的时候，你很着急，便胡乱地穿上衣服，悄悄下了地，走出房门。院子里竟然月光和雪光辉映，你看向雪人，雪人依然可爱地看着你，你站在雪中微微地笑着，抬头看，头顶很圆的冷月，流溢着皎洁的光。你站在雪人身旁，陪着她，看着她，心里就像月亮般，也满溢着快乐和幸福，浑然忘了寒冷。

重新回到温暖的被窝里时，家里人都没有醒来，你安心安然地去约会梦了。第二天你就感冒了，可是你却很开心，平生第一次感冒时没有喊难受。那个和月亮一起陪着雪人的深夜，是你最甜蜜的秘密，永远不会遗忘。

所以你在这个深秋已凉的夜里，又记起了那个雪人守着的冬夜。你觉得好些个夜晚，都是你生命里的唯一，也隐约知道，有些夜晚再不会重来。可是你并不难过，因为还有许多美好的夜等着你。所以你充满希望，也充满快乐。

你是那么清澈，像雪地里的月光；你是那么温暖，像荒甸上的火焰；你是那么柔软，像夏夜里的南风。小小的你，快乐地孤独，幸福地寂寞，可是你的内心，却是那样地丰盈而美好。

你，是从前的我；而我，多希望你，一直一直，不要变成现在的我。

十月思乡

　　整理旧物，翻出一封三十多年前的信，是当年一个亲戚写来的，信封上收信人的地址是：黑龙江省呼兰县沈家镇大罗村。十三个字牵扯着我的目光，拥着我的心，再一次感受到了时间的飞逝与空间的辽远，感受到一种无法弥补的苍凉。窗外，十月的阳光淡淡地洒落，乡愁氤氲在漫漶的岁月里。

　　当我走进村中央最大的那个叫学校的院子，当我在本子上一笔一画地写下"大罗小学"，那种乡愁就已经如种子深埋了。我的村庄叫大罗，也叫大罗山，更早的时候叫大龙山。我曾在无数的文章里，一点一滴地收集着那个村庄里琐碎的情节的细节。记忆如微尘飞舞，每一粒都找不到故乡。

　　三十三年前的那个春天，离开村庄后，只回去过三次，而最后一次距今也有二十多年了。故乡在不断的回望中，越来越美好，圣洁遥远成心底不可碰触的柔软。曾经的村庄，永远都回不去了，那些檐月庭风，那些挂在树上的鸟鸣，那条闪亮的河，那些布满牛羊蹄痕的土路，无边的大草甸，遍地的庄稼，朴素的笑脸，亲切的乡音，我的心流连在过去的村庄里，一生也无法走出。

十多年前，呼兰的一个好友，他的妻子是我们大罗山的人，有一次他去岳父家，拍了一些照片发给我。那时的村庄还没有太大的变化，他还特意去我家原来的老宅前后拍了几张，依然是老房子，只不过换了瓦顶，不再是熟悉的房草。我曾念念的南园，在初春的寒风里破败无比，园墙也倾圮了，如坍塌的时光，寂寞着一地的废墟。

巨大的亲切感紧拥着我，鸡栖过的窗台，花狗卧过的门后，还有藏着神秘的仓房，看着照片里的家园，仿佛我还是那个小小的少年，房子里依然是年轻的家人，每一朵笑都落地生根，没有离散，没有变迁。

二十多年来，并不是不想回去，也不是不能回去，只是，我怯怯的心总是牵绊着脚步。开始的时候，我怕我沧桑的目光会惊飞那些憩息着的回忆，怕故土的亲切会唤醒无尽的泪水；后来，我怕村庄的改变会让我失落，我怕我那么长那么久的思念，找不到一个安放地。一直以来，我都觉得，故乡，一旦离开，就永远也回不去了，即使归来，也不再是心中的那个故乡。

我宁可在心底重回，一遍遍，一年年，也不愿意去面对那种熟悉的陌生。物是人非也好，人物皆非也好，其实，在时光之后，我和故乡都已面目全非。我不知道那样的重逢，会有着怎样入骨的凄凉。

前些天，"十一"期间，二表哥回到故乡的村庄，发了一些视频和照片，我在那些陌生的场景中，努力去寻找一些熟悉的痕迹。

我发现，那种亲切感终生存在，即使我再也不能拾起曾经的脚印，再也不能看到熟悉的草房土墙，再也没有了无边的大草甸，也消失了村西的小水库，可故土永远都在那里，它无言地记得一切，总是于沉默中，让我的泪水纷纷启程。

故乡的村庄，真的是变化很大，不变的，只有大地上的风和十月的阳光。本来有那么多思念与赞美的话，可是面对那些场景，竟只是无言，如沉默的大地。我愿意我的村庄越来越好，我愿意那种幸福逐日而新，我愿意把我所有的情怀都融进故乡的冬去春来。

只是我的心底，依然住着曾经的家园。离开的，才叫故乡；相守的，才是家园。所以，那些遥远的朴素时光，那些时光里回不去的村庄，永远是我生命中的最美。

时光茂盛

女儿们读初中时的一个夏日，那天学校临时有事，所以放学早。我早早地去校门口等着，那里已聚集了不少接孩子的人，多是老年人，聚在一起聊天。教学楼的西侧有一株很高的树，茂密的枝叶间栖着朵朵的阳光，朵朵的阳光牵绊着我的目光，竟是有了长久的失神。

我刚从乡下转进那所初中时，教室的窗外也有着一棵古老的柳树，让我总是在听着课的时候就悠然神飞。路过的风和偶尔垂落的鸟鸣，唤醒着我对村庄大地的记忆。生命中的第一份乡愁，就那样在心底落地生根。少年眼中的世界永远是未知而新鲜的，当我和新同学们熟悉之后，外溢的乡愁便蕴敛成极深远的一个梦。课间的时候，我们在老柳树下漫无边际地说着话，斑驳的光影生动着每一张年轻的笑脸。

三十年过去，回望却是多么茂盛的时光啊！如今发上已落了永不消融的雪，似乎再回不到曾经的夏天。六月的阳光下，却流淌着不散的苍凉。身旁几个老人在聊着那棵树，也回忆起他们的火热年代，回忆起曾经顶风冒雪在山上采伐的时光，或者朴素的校园岁月。他们笑谈着曾经的苦乐，苦与乐，都是遥远的蓬勃。年轻的笑流淌在苍老的脸上，阳光轻送着白发的芬芳。

放学了，那群少年奔跑出来，足音飞扬。忽然明白，时光永远是茂盛的，而时光里的人，有的正在葱茏，有的却正在憔悴。一茬一茬的四季，收割着一茬一茬的心情，谁也不知道，又似乎谁都会知道，在遥远的境遇里，会有着怎样的一种落寞在等着我们。

不知哪个教室里传出风琴的声音，一首低婉却又透着欢快的曲子，穿透扰攘的人群，仿若一只蝶翩然栖落在心上。刚上高中的那个秋天，开始是军训，我们走读生也要住校，晚上就睡在教室里拼起的课桌上。我们十多个男生每晚都要练习合唱，准备着军训结束后的新生晚会。当时大家都在看的一部电视剧是《十六岁的花季》，我们唱的就是主题曲《多彩的季节》。

那个夜有着很圆的月亮，一丛篝火映亮无数张兴奋的脸。其实我们那首歌合唱得并不成功，但我们唱得很开心："吹着自在的口哨，开着自编的玩笑……"后来我坐在人群里，看着明月、篝火、笑脸，心底便涌起一种感动，这就是我的十六岁，我的青春。多好的月夜，尽情绽放着我们的年华。

似乎美好的情节总在旧光阴里温柔着，而汹涌着奔向眼前心底的，都是劳碌琐碎中不被预料的种种。归途中，女儿们和几个伙伴追逐打闹欢笑，我默默地看着，恍惚间不敢相信已过去了那么多的岁月。记起少年时，我和伙伴们呼啸着从胡同口跑出去，一个坐在墙阴里的老人，就是这样默默地看着，阳光在几米外盛开。

临近家门的那条路很安静，很多时候只有风在悄悄地路过。左侧是长长的树影，右侧是摇摇的花影，如年华的两岸。脚步到这里都不自知地轻柔起来，心也渐渐平和下来，涌起一种熟悉的感动，就像十六岁的那个月夜。能行走在茂盛的时光里，本就是一种幸运，一种幸福。

从一朵花跑向另一朵花

我坐在西边的矮墙上，迎面跑来的霞光把我的脸都撞红了，还有院子里的那些花儿。慢慢升起的朝阳，驱赶着南墙的阴影，花儿们依次走进阳光的雨。不知是墙影在动，还是阳光在动，可我更觉得是阳光的脚步在花间徜徉，从一朵花跑向另一朵花。

想起童年的这个场景，是在听一个人在讲她的生活经历之后。她并不是别人眼中的成功人士，也没有什么惊心动魄的往事，更没有什么让人慨叹的坎坷磨难。如果非要概括一下，她就是一个平凡的人，如我，如你，如他，都是生活大河中一滴普通而清澈的水。

虽然走着最平凡的路，她却从没有停下脚步，也并没有被生活的厚重所麻木，她热爱着自己的热爱，一直拥有着好奇心，正是因为有所期待，世界才充满了惊喜。于是她满足，她快乐，即使书法练了很久也没有起色，即使绘画依然没有入门，即使文章总是写得平淡，也不半途而废。她说她并不是想练出什么名堂，只是觉得在那个过程中，很享受，心里很安静，这就是全部的理由。

所以我会想起童年的早晨，走过一朵又一朵花的阳光。我曾经也是有着那么多美好而朴素的愿望，我的脚步也曾如阳光一般轻盈，踏过许多阴影和黑暗。只是不知从什么时候开始，觉得沉重，觉得累，这些感觉一出现，愿望便不再是愿望，而是成了欲望，欲望总是在走得更远时乘虚而入，然后如影随形。如果能像背着水果去卖的人，有着甜蜜的重量；如果能像担着花草去卖的人，有着芬芳的负荷。甜蜜芬芳后面，是简单美好的希望，这样，也许就会一直明媚地走下去。

每个有希望的日子，每个有梦想的季节，甚至有期待的每一年，都是如花朵一般存在着，等待着，等着我们的脚步一朵一朵地去追寻。就像阳光下，那些孩子在野外奔跑，跟着蝴蝶的翅膀，路过一朵又一朵的花儿。多么简单而轻松，从一个无悔走向另一个无悔。希望总是追逐着希望，美好总是延续着美好。

那个女人的故事，以及童年的刹那心动，如一场细细的雨洗去心上的尘埃。那些名利之心羁绊得太久了，久到让我想不起启程时的感动。所以我经常把脚步放逐于山水之间，把心情挥洒于林泉之畔，自然的一切长久不变，草木有本心，总是用一种永恒，唤醒我心底沉眠的最初。自然而然得到的，才是最美的，如花朵得到蝴蝶的吻触，流水得到清澈的目光，山林得到悠然的鸟鸣。

辽阔的大地上，放牧着我的心情。鸟儿从一棵树飞向另一棵树，风儿从一片云扑向另一片云，阳光从一朵花跑向另一朵花。心里的河淌入身畔的河，眼中的暖流入时光的暖，梦仍在，多好的人间。

淡

闲读《菜根谭》，中有一条："浓处味短，淡中趣长。"那些浓处的感觉，虽美好，却是短暂。所以太多的人都在眷眷地回想曾经的繁盛之时，可是回望中的一切，远不可寻，如淡烟欲散。

一切浓烈的，终会淡去。莫若起初便将其看淡，就像从烈焰中看到灰烬，就像从繁华处看到谢幕，让目光穿透表面的繁华着锦，看到一种能悠远长存的回味，才是让心恬然之法。

一如眺望远山的淡淡烟云，便会悠然神飞，或陶醉于天上片云，心随归雁。甚至于喜欢独处，宁可一杯淡茶，独对窗外长风流淌。时光静好，心生欢喜，这并不是消极，也不是看破了什么，就是体会到淡泊中的真趣。

仔细想一下，那些极淡的意境，似乎真的能将人带入极悠远的一种境界中去。就像面对薄雾如纱，将心轻笼；又似静闻浅笛，尘嚣顿去。想起有一年，去一个偏远的山村当代课老师，那里如天涯一般，与世无争，没有都市的烦嚣，只有无边的宁静。秋夜读书，困意袭来，灭烛，淡淡的月色如水般漫进，在墙上投下浅浅的树影。便觉烦恼寂寞飞去无痕，梦里也一片清凉。

生活中的一些场景，也常让我们心意畅然。站在河边远眺，对岸是一片极开阔的原野，绿草如茵。天蓝得纯净清新，在更远的远方，那一片纯蓝越来越淡，而草地的新绿也是渐远渐浅，在地平线处，两种极淡极浅的颜色浑然融为一体。驰心骋怀之间，竟有一种悠长的韵味。

抑或凝望暮色中的远山，看那一脉山形在渐浓的夜中淡成一幅剪影，仿佛一阵风就能吹散。心底的空间便辽阔起来，灵魂如长了翅膀般，神游于天地万物之表。风亦是淡到虚无，却将思绪吹得四散飞扬。那样的时刻，心中便会泛起轻轻的感动与浅浅的欣喜。

没有淡不去的痛，也没有淡不去的伤，时光会将一切都磨成回望时的平和，就似沧桑经眼，只留下浅浅的笑意。

在万紫千红的花朵之中，我独钟爱那些颜色浅淡的，它们不张扬不喧嚣，只是静静地绽放，悄悄地美丽，有着一种直入人心的清雅。后来闲读《红楼梦》，看到一句极美的诗："淡极始知花更艳。"心内极是诧异和惊喜，此句如此恰当地道出了我心中的那种感觉，宛如前生识得此句，此生此刻方才猝然重逢记起，有着一种不期然的感动。

在无眠的夜里，我会将思念也挥洒得淡然，一如窗外淡如浅水的月光。那些惦记着的人，亲人，朋友，在我淡淡的想念之中生动无比，悠然入梦，连梦境也是淡得朦胧，最清晰的，是醒来时的清晨里，那最长久的感动。这样淡淡的思念，却是如此地悠远绵长，<u>丝丝缕缕不可断绝</u>。

那些平凡的人们，常常让我无言地感动。虽然他们没有惊天动地的伟业，没有辉煌的生活背景，终其一生都是普普通通，可就是他们，给了我最深刻的生活哲理。是的，他们平淡得就像一滴水，却是蕴含着人生至味。平平淡淡才是真，这种生活之中，实是贯穿着最深沉的生命真谛。

淡极之味，才是生命中最动人的馨香。

你的青春，我的童年

　　每一年的毕业季，校园里离别的愁绪都会和阳光一起飞舞，飞舞成多年以后心里依然不散的温暖和眷恋。那时会更明白，在成长过程中结下的不受世事污染的情谊，是此生仅有的一次。

　　偶然在网上看到一个视频，学生毕业离开了，年轻的老师面对着空荡荡的教室，蹲在地上哭得不能自已。那个场景，让人有一种感同身受的伤感。那是一个小学毕业班的老师，我猜想，毕业的，可能是她当老师后带的第一届学生，他们有着同一个开始。在六年的时间里，学生由儿童成长为小小少年走进他们的青春，而她却在这六年里走完了自己的青春。那种朝夕相伴，那些共同走过的日月，使得那种情感早已随成长而镌进生命的最初。

　　我刚上小学的时候，老师是村里一个美丽的姑娘，她温柔敦厚，性情和婉，总是带着亲切的笑，爱着我们每一个。刚刚走进校门的我们，野孩子爱玩的天性，在她的和风细雨中慢慢地收敛。不知有多少次，很多同学叫她的时候，会脱口而出"妈"，然后她笑，我们也笑。也有很多次，她会被我们气哭，她依然不发脾气，哭过后依然笑，依然对我们那么好。那种好，很朴素很纯净，如黑土地上的高天流云。

虽然她没能陪伴我们走完小学的成长岁月，可她却在我们最初的心底留下了最暖的印痕，生命中的第一个老师，影响真的很大。所以不管以后遇见了多少老师，不管过去了多少年月，不管历经了怎样的世事沧桑，那种温暖一直都不曾消散，而且一提起老师，第一个在头脑中浮现的，依然是当年那个美丽的姑娘。

我也曾当过几天临时的代课老师，其实来去匆匆的我是不配教师这个称号的，之所以提起这个，是因为那个时候我也正是青春，面对那些纯朴的山里孩子，他们清澈的目光便流淌进我的心里，如花溪潺潺浸润着生命的美好。我的青春，遇见他们的童年，是多么幸运且幸福的事！

也许那些孩子早已忘了曾经的我，可我却一直记得他们，每一次想起，他们的笑容就会濯洗着我心上的风尘。从而我想到，那些从青春、从年轻开始就一直当老师的人，他们又要付出多少的心血与年华，而他们又要得到多少骄傲与欣慰呢？我相信在那条粉笔灰铺成的洁白之路上，他们的足迹是一首无悔的诗，他们的身影永远动人。

已有四十多年没有见过我的第一个老师了，想来曾经那个温柔美丽的姑娘也已快进入老年了，可是我知道她一定会依然那么美丽。我的童年与你的青春相遇，我相信视频中毕业的那些孩子终有一天也会和我一样感慨感恩，我们的童年与你们的青春相遇，就是我，就是我们，一辈子的幸运和幸福。

砚　池

　　那一天下着很大的雨，我抱着一摞作业本穿过长长的走廊去办公室，数学老师并不在，只有一个年轻的男老师正在专心地写毛笔字。我把作业放在数学老师的桌上，然后悄悄走到近前去看写什么字。

　　年轻的老师刚刚写完四句："静夜四无邻，荒居旧业贫。雨中黄叶树，灯下白头人。"很美好的隶书，很美好的诗句，十五岁的我站在那儿看呆了。直到老师去蘸墨，才把我的目光和心神牵引到那一方古朴的砚台上去。砚池里半盈着墨，老师提起笔来，一滴墨落回去，微小的涟漪便漾开，然后空气中也微微流淌着浅浅淡淡的墨香。

　　对于砚台我并不陌生，虽然我刚从乡下搬进城里不久。儿时就常见爷爷对案挥毫，他的字多是楷书或行书。爷爷有一方砚台，很大，看样子很古老，身上还雕着花草和字。我和姐姐们最喜欢给爷爷研墨，在爷爷的指导下，我们才知道研墨也是很讲究的一件事。几滴清水，墨条与砚底细细地磨，就这样渐渐地一池墨满。写完字后，爷爷洗净砚台，再往砚池中注满清水，就那样养着砚，也养着日月流年。爷爷去世后，那方砚台就不知遗失于何处，于是在乡下我再没见到过砚台。

我盯着砚台悠然神飞，老师叫了我一声，才发现砚池已枯，司空曙的那首五律早已完成，而且还写完了另外四个大字——风雨如磐。我小心地去给老师洗砚，洗好后，又在砚池里盛满清水。老师惊讶地问我怎么懂这个，我讲了儿时的事。老师越发来了兴致，在窗外密集的雨声里，给我看他的一套篆刻作品，是刘禹锡的《陋室铭》。讲的时候，看的时候，那一池小小的水静静地清澈着，仿佛正孕育着鸟语花香。

那时起，我就有了很强烈的愿望，我小小的书桌上，若是有一方小小的砚台该多好，它一定在书纸之间占尽风情。或盈然一池墨，或悠然一池水，都会倒映着我心底所有的天光云影。有一次，从一户人家的窗前路过，无意间看到屋里的窗台上放着一方砚台，没有了盖子，落满了灰尘。砚池如枯寂的湖，盛满了空空的寂寞和遥远的墨香时光。是谁曾经持一管柔毫与它轻触，然后在古老的宣纸上流淌成山水花鸟或真草隶篆？是谁在寒冷的日子里，化一抔清水与墨相拥，然后浓烈成一个灿烂的春天？又是谁把它遗忘，让它在这个角落里孤独生尘？

失去了墨的陪伴，失去了那一双手的温度，砚台就真的空了，如一个枯萎的季节，只有记忆在尘封中疯长。

后来，我终于买了一方小砚，普普通通的石砚，每日里我的毛笔撩动着一池怡然，化作许多旧报纸上的笔笔稚嫩，就像我从青涩走向成熟的光阴。"重帘不卷留香久，古砚微凹聚墨多"，那一池浓浓淡淡的墨水里，也融进了我许多青春的心情。我喜欢着那方砚，虽然它那么便宜，可是因为相伴而价值无限。而看到新闻里那些拍卖百万千万的古砚，难以想象的天价，供在博古架上的珍而重之，真的可以慰藉它们千年的寂寞吗？

　　爷爷曾经说过，人心如砚。在数不清的岁月中，我终于明白，心如砚台，坚硬中带着细腻，就可以把那些黑暗的失意的种种，研磨成一池春水，然后在生命的宣纸上流淌成一个春暖花开。

　　许多年后的某一天，我梦见了爷爷的那方砚台，它盛着清水默默地站在夜里，砚池里落进了一轮鹅黄的月。

摘烛花

　　三十多年前，烛光经常绽放在夜里，我喜欢点燃蜡烛的那个瞬间，火柴头爆出灿烂的花儿，唤醒了一根蜡烛飘摇着的柔柔心绪。我也喜欢看烛光把一些影子投到墙上，那些影子微微地摇曳着厚重而踏实的温暖。

　　蜡烛燃得久了，棉线烛芯就会有一部分烧成炭状，弯弯地垂下来。或者使烛光更亮，或者使火焰跳动，就形成了烛花，所以每隔一会儿就要把燃过的烛芯剪去。开始的时候，我会拿着剪子守在那儿慢慢地等，看层次分明的火焰伸缩着，看烛泪缓缓地沿着烛身流淌。然后烛芯就长了，于是伸出剪刀，烛焰就被压得矮了下去，随着剪刀移开，烛焰又重新生长起来。那一小截儿烧焦的烛芯被齐齐剪了下来，在剪刀上升腾起一缕极细的烟。

　　那时并不懂得剪烛的意境，更没有读过那么多诗词，只是觉得举起剪刀的那一刻，就像给一棵树剪枝，然后花开得更旺。

　　后来我们就抛弃了剪刀，也不再守在烛畔，我们已经学会了摘烛花。那是真正的"摘"，觉得烛光暗了，就跑过去，伸出拇指和食指，飞快地在烛焰中一捏一缩，焦了的烛芯就被摘了下来，然后迅速抛掉。因为速度快，所以根本没有灼烧感，两个指腹会被一层极薄的烛油粘在一起。如今我依然记得那种细腻的感受，柔软中带着温热。

最初的时候，我们是看见有一次母亲伸手就摘下了烛花，便觉得很奇妙，偷偷练了许多次。把两指伸进焰火中，看着是那么可怕，其实不可能被真正烧到。甚至我们平时也会把手指飞快地从烛火上拦腰而过，却斩不断火焰，就如时光斩不断的往事，永远那么蓬勃地生长着。

有时候，烛光跳动，我和姐姐们都跑过去摘烛花，总是心急之下失去了准头，直接掐灭了烛光，或者奔跑带过的风熄灭了烛光，我们便在黑暗中，在淡淡的蜡烛的气息中，不停地笑。直到母亲呵斥，才重新点燃，点燃之前并不把烛芯先处理，一定要在燃烧中伸手去摘下。

那时的蜡烛是一毛四一根，之所以记得清楚，是因为它和大笔记本相同的价格。我和姐姐们围坐着写作业，桌子中间站着蜡烛，而不远处的炕上，一些老太太在唠着家常。我们有时会因为蜡烛离谁近而争吵，这时一根长长的烟袋就从我们的空隙里伸进来，烟袋锅儿与烛火亲密接触。烟袋嘴儿含在某个老太太的嘴里，随着她不停地嘬动，烛火便也一明一暗地伸缩着。等到烟袋点燃了撤了回去，我们几只手伸过去，看谁先摘下那朵新开出来的烛花。

我不知道有多少人曾这样去摘过烛花，就像想去摘一朵回忆，却总是捏不住指间的一缕轻烟。岁月的风熄灭了曾经的蜡烛，当年摘下的无数朵烛花也早谢落在无数的夜里，就像往事成空，可那种柔软与温暖却一直都在。

遗失在草丛里的弹珠

一直记得那件事。

十二岁的我兴冲冲地走向村外，手里紧紧攥着一个玻璃弹珠。去镇上姑姑家，表弟送给我十几颗玻璃球，其中有一颗特别漂亮，里面不是那种普通的带颜色的花瓣，而是五颜六色不规则的形状，在阳光下五彩缤纷。很是爱不释手，不管走到哪里，我都会拿着它，生怕放在家里丢了。

村外有一个大土坡，坡很陡，坡顶是一片小树林，下面是茂盛的草地，不远处是那条唱着歌的小河。这里是我的乐园，不和伙伴们一起的时候，我就经常来这儿，寻找着一些只属于一个人的乐趣。我摆弄着那颗玻璃球，表面极为光滑，没有一点儿破损，因为和伙伴们玩弹珠的时候，我从不舍得用它。我一会儿把它举在阳光下，看那五彩的光团落在胳膊上，落在草叶上，落在地上；一会儿又轻轻抛起再接住，或者把它紧贴在眼睛上，透过它去看变了形的世界。

不知是在哪一次，忽然就萌生了一个想法。这个我极其喜欢的玻璃球，如果丢了，再找回来，会是什么样的感觉？于是，我就闭上眼睛，背对着土坡，把心爱的玻璃球向后扔出去。听见轻微落地的声音，我立刻睁眼转身，在那一小片草地里寻找。心里有着一种慌张和急切，当终于看到它的身影，心里升腾着巨大的喜悦，那种失而复得的感受，真是太难忘太让我留恋了。于是，每一次去那里，我都要做这个游戏，一次比一次抛得远，每一次的寻找，都充满着希望和幸福。

　　这一次，我依然是在把玩了很久之后，像以往一样向身后用力一抛。我在草丛里仔细地翻找，心里并没有第一次时那种紧张感，也许是因为每一次都能找到。结果，这一片草地被我找遍了，依然不见踪影。便有些急了，细细地又搜寻了一遍，还是没有。我就慌了起来，急急地在更远的地方找，可是玻璃球却像是凭空消失了。我停了下来，定了定心神，来到刚才站着的位置，拿了一个小土块儿，用了相同力气抛，看看大概落在什么位置。然后我就重点在那个范围内寻找，只是一直到了天快黑了，还是没找到。终于，我迈着沉重的脚步回家了，心里满满的失落。

　　那以后一连好些天，我都去那里找，每一个草叶，每一寸土地，都被我的目光和手筛了无数遍，可我那心爱的玻璃球，却不知逃去了哪一个空间。秋深的时候，草都干枯了，我还去过一次。最后，终于绝望了，后悔不迭。

　　有时候，一些遗失并不是因为无心，而是有意，并不是因为不热爱了，而是太过于热爱。在成长过后的许许多多岁月里，很多东西都是这样丢失的，也终于明白，不可能一直那么幸运下去，不可能一直体会失而复得的快感。随着时光的苍老，也渐渐地懂得，那种游戏般的故意的失去和得到，并不是真正的快乐，无意中丢失的，在某一天忽然又找回，才是最大的幸福。

就如梦想一般，起初的时候，是那样地热爱，那样地痴心，走着走着，在一些岔路口，我们便故意选择了别的方向。其实并不是什么迫不得已，也并不是因为梦想不再有吸引力，而是会觉得另一条路更好走。我们总是选择容易走的那条路，而不是选择想走的那条路。我们故意丢了梦想，并不像我童年的游戏般，想着再次找回。可是，当在所选择的那条路上走累了，有时会怀念，甚至会回过头来重新去寻找遗失在路口的梦想。就这样一次又一次，终于有一天，回到曾经的地方，却再也找不到曾经的梦想。

游戏的次数多了，梦想也厌倦了我们，它最终把我们抛弃了。就像童年的那颗玻璃球，在我一次又一次地丢出之后，便再也找不回来了。

离乡二十年后的一个夏天，回到故乡的村庄去办事，在那个酷似从前的午后，我一个人走向村外，一切都是那么熟悉，一切都没有改变。站在我曾经的乐园里，那些草还在恣意地生长着，就如昨日。只是，昨日的少年已不在，只有染了风霜的我站在曾经的地方，心里重叠着太多的岁月。经历了人生的许多宠辱之后，回想童年时的得失，才觉得那竟是生命中最大的眷恋。

我蹲下来，像当年那个惶急的小小少年般，在每一丛草之间寻找。真的就和预料的一样，我竟然找到了！仿佛是冥冥中的一种指引，我在草地边缘轻轻挖了几下，圆圆的玻璃球就宿命一般出现在我的眼前。二十年的风霜雨雪，二十年的风尘漫漶，并没有让它化土成尘。我在小河里洗净了它，它依然毫无破损，依然在阳光下闪烁着五彩的光。这一刻，我终于知道，什么是真正的失而复得。

把这颗二十年前的玻璃球捧在掌心，带着岁月的沉重，也带着最初梦想的莹然，心上的尘埃飞尽，眼泪淌下来，像身畔这条清清的河。

尘埃里的乐园

　　年迈的日头迟缓地爬上了头顶，停留在邻家园子里杨树的尖梢儿，一边歇脚儿，一边恼羞成怒火气冲天。家人午睡未醒，院子里的禽畜，也都朦胧着一片梦境。我悄悄的足音，只传进了门后假寐的花狗耳中。它灵巧地翻身而起，在我身后亦步亦趋，直到我打开院子东边仓房的门，闪身而进，再把门迅速关上，才折断了它的热切的目光。

　　仓房不同于正房的土草结构，它是后建的，红砖红瓦，只有门是用木板胡乱钉成。关上了门，便把太阳的怒火关在了门外，顿时一片清凉。眼前一片昏暗，空气中弥漫着一种古老的气味，混杂着粮食的味道，扑面而来。我站了几秒钟，目光便和黑暗水乳交融了。西边的墙上，有一扇很小的窗，阳光纷纷溜进来，在地上画下一个不规则的方形。细细密密的尘埃，在那一束阳光里，飞舞成河流的形状。

　　各种物品杂乱地堆放着，东北角摞着的那些麻袋里，装着各种粮食。地中间堆着那年打井剩下来的铁管和塑料管，南边的墙脚，放着大大小小的木箱，和各种柳编的筐和篮子。门口的墙边，立着一些锹锄叉耙等农具，而墙壁的钉子上，挂着草帽镰刀等。房里没有吊棚，那些横梁上也放着些物品，或者吊着一些布袋。还有一些很久远的物件，沉睡在沉默里，身上覆着的尘埃，像岁月给它们盖的被子，保留着过往的温度。梁上蛛网横陈，粘满了宁静与寂寞。

我的心便兴奋地跳跃，只是我并没有立刻去寻宝，而是转身从板门的缝隙往外看，溢满了阳光的院子里，那些精灵们依然在熟睡，只有花狗还不死心地站在门外，尾巴摇动着掸落掉阳光。我拿起墙边早就准备好的粗铁丝，一端弯了个小小的钩儿，从门板的缝隙里伸出去，钩起挂在门把手上的一个大锁头，准确地穿进门鼻儿。这样一来，外面的人看来，仓房里绝不会有人。这个过程中，花狗一直惊异地看着，最后它终于抵不住阳光的骚扰，又回到墙脚的阴凉处。

接下来，仓房便成了我的领地，我寻宝的乐园。那个火热的世界已被隔断在外，在这幽深神秘的空间里，我是唯一的主人。只是这种自豪感还没持续多久，就被打破。我的目光刚刚抚过那些微尘轻笼下的事物，脚步也刚刚把地上的尘埃踏起，就听得窸窣有声，就见得隐约有影。一惊之下，凝神细看，见几个小小的身影，贴着墙脚飞快地掠过。于是惊余而笑，竟被几只耗子吓了一跳。

我家仓房里的耗子是很庞大的一个族群，统计不出到底有多少只。其实每一家的仓房都是如此，在聚草囤粮之地，肯定少不了这些不劳而获的家伙。家里人和耗子做着旷日持久的斗争，鼠夹子、耗子药、猫，多种手段齐出，却是收效甚微。久之这些耗子就越发胆大张狂，就像此刻，虽还没有到旁若无人招摇过市的程度，却似乎也并没有表现出对我有多大的恐惧。转念一想，这里也是它们世代聚居之地，它们也算得上是主人。当目光更加适应这种昏暗之后，我发现，这个看似幽寂的所在，竟生活着许多的小家伙。一只硕大的蜘蛛，明目张胆地悬挂在梁下吐丝；几只潮虫悠然地顺着墙壁爬着，不知是出门还是回家；望之生畏的墙蹄子，摆动着无数条腿，迅速地隐入了黑暗之中。

看了一会儿，便无心再理会它们，还是互不干扰各行其是为好。虽然仓房里我已来过数次，可是依然还有我没有探索到的地方。我曾在这里找到不少让我惊喜的东西，比如一个满是锈迹的扎枪头，民兵训练用的木头步枪，废弃的老挂钟，一些古代的铜钱，几条可以当成软鞭的四棱形皮带，还有依然锋利的三角刮刀，等等，还有许多零零碎碎的物件，无不牵动着我兴奋的心。

这一次，我把注意力放在西南角的那一堆箱子上，那些箱子有木头的，也有纸壳的。我大致翻了一下，纸箱里多是一些寻常之物，并没有什么值得一看的东西。有一只较大的木箱，在最角落里，被尘埃和寂寞湮没，我费力把它搬到窗下，坐在一只大纸箱上，轻轻打开。打开盖子的瞬间，尘埃弥漫，一如隔着太多的日月流年，模糊着许多过往。待尘埃落定，看到上面都是一层信件，拿起来细看，信封很古老，字迹也有些漫漶。抽出信纸，已经泛黄，折痕处快要断裂。看了几封，发现末尾的年代都很远，有的甚至还是用毛笔字写就，我看不出个所以然，便将信件都堆放在一旁。

　　再下面，是一些日记本，大大小小的摆得整齐。我便来了精神，拿出一本来，在那一束尘埃飞舞中，和阳光共同翻阅。这是爸爸上学时的日记，字迹挺拔，记载着他的青春岁月。有的写得颇有趣，让我了解了爸爸的另一面。看完一本，我便又翻检起来，日记本很多，有爷爷的，有叔叔的，里面除了日记，还有一些文章诗词读后感一类。我坐在那里，在窗口的那一束阳光和满室的昏暗之间，读得很是起劲儿，虽然许多字不认识，依然生吞活剥地看了个大概。后来看倦了，想着以后可以每天都来看看，便也不急于一时。

　　日记本的下面，是几个很大的牛皮纸袋，里面装着许多照片。这让我兴趣大增，都是黑白照片，大小不一，我努力辨认，隐约可以看出有的是爸爸少年时，有的是爷爷年轻时，还有姑姑叔叔们，更多的，则是我不认识或者认不出的。这些照片，都是我家墙上相镜子里所没有的。有时候，我好奇心很强，很想拿着照片去问问妈妈，可是我最后还是压下了那种冲动。因为，这个乐园，是真正属于我自己的，从没有和任何人分享过，包括姐姐们，包括最好的伙伴，包括此刻也许还在外面不甘心的花狗。

　　当地上的那扇窗影渐渐变形，并移动到东面的墙上，我知道时间已经不知不觉地溜走了。于是赶紧把东西装回箱里，并重新摆好恢复原状，悄悄来到门前，从缝隙里望出去。太阳已经偏西许多，院子里的精灵们也都已经睡醒，四处忙碌着，花狗的耳朵很敏锐，它已经来到门外，眼睛炯炯有神地看着，尾巴摇得飞快。我拿起带钩的铁丝，把锁头钩下来，轻轻把门打开一条缝儿，闪身而出，挂好锁头，走进满院的阳光和喧闹，花狗在我身边欢快地跳跃。

有一天，我的这个乐园就引起了全家人的注意。因为学校要每个学生上交三根老鼠尾巴，这是为了配合除四害的活动而给我们布置的任务，所以，老鼠最多的仓房，就成了我们的战场。我和姐姐们在仓房里寻找，我真怕她们发现我寻宝的那些箱子，于是我就故意视而不见，姐姐们也就没有注意到。经过我们的观察和倾听，仓房里的老鼠果然极多，看来完成任务还是不难。于是，鼠夹子、耗子药，齐齐上阵，几天折腾下来，却只捕到几只小的，不过有尾巴就行。我甚至把西邻的猫抱了来，关进仓房，隔门听到追逐之声，过了会儿打开门，那只猫却叼着一只大老鼠飞蹿而去。总之，费了很大的劲，才凑齐了我们姐弟的老鼠尾巴，我的乐园也总算是安静下来。

后来，在一个放假的午后，我又翻找了东南角的那些箱子，却于尘埃和昏暗中，真正打开了一个美好而神奇世界的入口。我从不知道，家里竟会有着那么多的书。起初我并没有多大兴趣，后来翻出一本《西游记》，仔细看，竟是比电视剧和小人书精彩多了。每天和伙伴们一起，我会给他们讲一段，他们听得如醉如痴。问我从哪里知道的，我故作神秘，把他们馋够呛。

家里对我和姐姐们的学习管得很严，这在当时的农村是很少见的，而且也不允许我们看一些杂书，顶多是去舅舅家借一些《故事会》类的杂志看。所以，再好看的书，我也是不敢拿回去看的，只能偷偷在仓房里，就着那一缕阳光，和那些动人的字句约会。

仓房的南半部分，已经在南菜园里，西墙的小窗下，一株爬山虎缠缠绕绕地攀上来，伸进开着的窗里。有时候我看书累了，便看到地上一些叶影轻摇，回头，便看到一根细细的藤蔓，携着几片叶子探进头来，似乎也被我手中的书所吸引。看书入神的时候，那些蜘蛛爬虫甚至老鼠，也都不再怕我，大摇大摆地从我眼前经过，我也没有空闲去理会它们。我在我的乐园里忘我，我在它们的世界里，也成了一个没有危险的存在，就像墙脚那些沉默的箱子。

有一次看《水浒传》，实在是忍不住，便悄悄地拿回了屋里，趁着家里没人时看，毕竟，不能在仓房里时间太长。有一个傍晚，家人都出去了，我立刻把藏好的书拿出来，继续看。正看到精彩处，忽听有人进来，便迅速地把书塞进书包。只见二姐正笑着看我，问我刚才在看什么，我说是语文书，二姐死活不信，最后威胁我，如果不给她看，她就告诉爸爸妈妈。结果她一看是《水浒传》，便很不屑地扔还给我，拿起她要找的东西，再次出门去了。

秋天的一个周日午后，我像往常一样，准备到我的乐园里去。可是发现仓房的门虚掩着，刚把门拉开，却见大姐从里面走出来，很着急的样子，她看了我一眼，并没有说话，擦肩而过。我先是走进去大略看了一下，那些箱子并没有被翻动的痕迹，便也放下心来。正要关上木门从里面挂上锁，却见妈妈从南菜园里走过来，便赶紧出来。既然乐园里去不了，只好去找伙伴玩，当我来到后院的老舅家里，发现大姐也在那儿，她正和几个表姐在看一本书。我一瞥之间，发现那本书很眼熟，厚厚的，封面上几个古代女子，书名三个字很大——《红楼梦》。我一下子想起来，这本书我在箱子里看到过，当时翻了翻，觉得写得太琐碎，又没有西游、水浒有趣，看不进去，就没再理它。

直到有一回，我看见二姐悄悄地走进仓房，便偷偷地来到南菜园，从仓房的小窗向里窥视。只见二姐打开东南角的一个箱子，拿出一本书，掩在衣服里，匆匆地出来，跑出了院子。我终于明白，这个昏暗而布满尘埃的仓房，不只是老鼠蜘蛛爬虫们的世界，不只是我自己的乐园，也是姐姐们的乐园。只是，她们比我聪明，来去匆匆，拿着一本书去别人家或者学校看。

虽然我们都发现了彼此的秘密，可是都心照不宣，谁也不问谁，自己看自己的。于是我也学会了这个方法，不上学的时候，拿出一本书，跑到野外的河边，或者林中，或者草地，静静地看。阳光如雨如海，不再是仓房里昏暗中的那一束，也没有尘埃飞舞如雾，看得很是尽兴。只是，也许是我们来来往往太频繁，终于被家里大人发现。爸爸妈妈并没有完全禁止我们，而是经过认真的挑选，把认为我们能看的，拿出来另放，剩下的绝大多数被锁进了两个大木箱里。尽管有些遗憾，可是终于能明目张胆名正言顺地看书了，我们还是很高兴。

特别是冬天的时候，仓房里已经冻得待不住人，再不用偷偷摸摸，我和姐姐们拿着自己喜欢的书，在屋里围着一炉红火，看得心动神摇。窗外的雪花大朵大朵地扑落，室内书香与温暖弥漫，多么美好的冬天！我和姐姐们也经常讨论交流，看看各自所读的书都有什么好，有时候我不懂的，便向姐姐们请教。在那个年代，像我们这样愿意读书的农村孩子，似乎很少很少。

依然那个冬天，过年的时候，不知谁家孩子放鞭炮或者烟花的火烬，飘进了我家的仓房，引起了不大不小的一场火灾。别的东西倒是没有损失，只是，那两大箱子的书却化为灰烬。当时我们难过得哭了，那么多的书，原以为会等着我们慢慢地去看，可是却成了空。没有了那些书，仓房里虽然还有许多许多有趣的东西，却再也不是我们的乐园了。很难想象，夏天再来的时候，我溜进仓房，会失落失望到怎样的程度。

只是，我们都没有等到那个遗憾的夏天，春天的时候，我家就搬走了。搬家的过程很纷乱，人多手杂，幸存下来的那些书，最终也所剩无几。那么多的书，那么好的书，却因一场火灾，一次搬家，而消散于我们的生命中。我总是想起那个昏暗的房子，我们的乐园，多少美好的种子，在曾经的尘埃里生根发芽，生长成一个让人眷恋的世界。即使是现在，那个世界依然在，当我们的心逆流而上，依然会在一片尘埃飞舞中，遇见一种久违的惊喜。

每一茬秋天里都住着曾经

　　深秋的朝阳铺满了那条弯弯曲曲的土路，我用扁担挑着两大筐豆茬去学校，阳光和风随着扁担的颤动而跳跃。一路上都是和我一样的孩子，大筐的豆茬或者苞米瓤子源源不断地流淌进学校，流淌进每个班级。它们被整齐地码在教室后墙边，那是整个冬天我们烧火炉取暖的燃料。

　　每当大地上的庄稼收割完了以后，我就跟着姐姐们扛着四股叉或者铁锹，提着大筐或者麻袋，去那些黄豆地里挖豆茬。村里上学的孩子基本都出来了，大家争抢着占领着黄豆地。整齐的豆茬带着斜斜的尖刺直指天空，像一排排锋利的枪头。姐姐们在前面挖，我在后面把豆茬根上的土相互碰撞着弄掉，然后堆在那里。和相邻的孩子们大声说着话，笑声就纷纷落在地上，在每一条垄沟里流淌。有时候累了，就躺在泥土上，天那么高，云那么近，长长的西风捎来村西小河的流水声。

　　豆茬运回家里后，还要在阳光下晒几天，等干透了才能拿去班级。豆茬比别的庄稼的茬子更耐烧，当然，实在没有挖到豆茬的，也可以交苞米瓢子，不过要交得更多。在漫长的冬天里，教室里的火炉旺旺地燃着，我们总会想起在秋天的大地上挖豆茬的情景。

深秋的大地上，有着更多的乐趣，在等着我们这群不安分的野孩子，其中遛土豆就是一个充满着期待与欣喜的活动。其实收土豆的场景就挺壮观的，当犁把田垄划开之后，大大小小的土豆就簇拥着在泥土里半隐半现了。于是人们便开始收捡这些土豆，一遍又一遍，直到认为再没有残留为止。可是，大地总是那么神奇，它总会留一些惊喜给寻找的人。所以，每当土豆秋收了以后，我们就去土豆地里，继续挖那些田垄，当一个个隐藏很深的土豆暴露在天光之下，我们的热情和兴奋就燃烧得更旺了。每当挖出一个很大的土豆，我们都会发出一声惊呼。在大地上，孩子们的惊呼声此起彼伏成一股快乐的浪潮。

不只是我们这些孩子，大人们也喜欢遛土豆，勤快一些的，每到这个时候都能捡回几麻袋土豆去。不过也不用担心大地上的生灵没有食物过冬，大地是神奇的，即使你遛过千遍万遍，它也总会收藏一些东西，留给需要的生灵们。

我们也会在收割了的黄豆地里捡豆粒，是在挖豆茬之前，或者同时进行。捡黄豆粒是一个很细琐的活儿，要有耐心，而且累，惊喜不大，通常是捡了半天，也没有多少。并不像遛土豆那般，哪怕只挖到一个大的，都会鼓满了干劲儿。其实黄豆比土豆值钱多了，还能换豆腐。在捡豆粒的时候，我们也经常会看见一只田鼠，我们叫成"大眼贼"的，它衔着豆粒仓皇而逃。

在深秋的田地里捡拾各种东西时，我们遇见田鼠洞往往避开。老人们常对我们讲，它们也是有家有口的，需要生存的，所以人们不要把事做得太绝，那样对自己，对子孙后代都没有好处。别的村有个豆腐匠，他就是那种掘地三尺找黄豆的。特别是遇见田鼠洞，肯定一挖到底。我曾看过别人无意间挖开的田鼠洞，真是大开眼界，和想象的完全不一样。在洞的深处，有几个方形的小房间，多是仓库，不同的粮食放在不同的仓库里，有的是装满了玉米粒，有的装满了黄豆粒……还有一个房间是厕所。

　　我们也曾遇见过死去的田鼠，它们的头挂在干枯蒿草的枝杈间，像极了上吊。有老人告诉我们，那是因为它们的洞被挖了，它们没法过冬了，就选择了全家自杀。我至今也不知是不是真的，可是，田鼠们的死状真是很让人难受，所以我们就恨透了那些挖田鼠洞的人。所以邻村的那个豆腐匠虽然每年都挖回来不少黄豆，可是听说他做的豆腐后来再也没人买，他也是被人指指点点，我们就感到很快意。

　　我是在三十多年后回故乡去上坟时，看到尚未开始耕种的大片农田，想起了这些遥远的秋天。离乡日久年深，一茬一茬的秋天在西风里消逝，那些眷恋也在我心底一茬一茬地生生不息。

　　我知道，如今深秋的大地上，再也没有那些心怀期待的人，去泥土里寻觅一种满足。所以我很庆幸自己有过那样的曾经，有过那样朴素的幸福和简单的快乐，也许在现代人的眼里是那么微不足道，可在我的生命中，却是无可比拟也永不再来的珍贵。

第五辑
草帽挂在墙上

　　漫长的冬天来了，草帽便和墙壁长久地沉默相依，睡着长长的一觉。我想它应该和我一样，在一种盼望中，做着一个关于夏天的梦。

昔日含红复含紫

　　有一年的晚春，我和朋友去山上挖松明子。松明子是指松树倒下枯死后，在泥土中沉埋，松树的油脂与一部分木质交融，经过漫长的岁月后，别的地方已经腐朽，可是松油与松木相融的部分却留存了下来，形成特殊的物质。好的松明子，色泽鲜艳，松香弥漫，是加工成各种工艺品的绝好原材料，被称为"北沉香"。

　　我们艰难地行走在小兴安岭的山林中，依然是万木萧瑟，随处可见沉睡的雪，虽然时节上春已将近，可眼前，似乎春天还很遥远。虽然松明子埋于地下，但是于地面上总会有显露的部分，朋友们寻找着，挖掘着。我的目光在林中飘移，周围除了游荡的风和沉默的雪，便是万木共守的阒然。时见一些倒木横陈，多是极高大者，便想象着它们曾经怎样顶天立地笑傲夏雷冬雪，想象着是什么使它们轰然倒地。

　　每一次上山，遇见那些倒地干枯的树木，都会神飞良久。它们曾向天空伸出无数臂膀，牵一缕流岚，握几丝长风，缠数声鸟鸣，而倒下的那一刻，又是怎样惊天动地地告别了这一切。可眼下与大地山脉紧紧相依的它们，看似毫无生机，却又似生机无限，因为它们已经是山的一部分，是大地的一部分。只是，心底依然有着一丝怅惘，"昔日含红复含紫，常时留雾亦留烟"，这是卢照邻在长安之北渭桥之边，面对一株枯木时所发的感慨。真的是这样，除了被迫，没有人愿意告别"春景春风花似雪"的盛况，落尽繁华，做一株被人遗忘的枯木。

其实每个人都曾有过"千尺长条百尺枝"的生命盛时，虽然或者于失败中默然，或者于岁月中沉寂，虽然在生活的大河中如一滴波澜不兴的水，可他们已与生活水乳交融，表面落寞，内心却依然澎湃着旺盛的生命力。所以，我们总会在面对某些人的时候，无来由地肃然起敬。

于是时间久了，面对春树春花，我反而没有面对山林间倒卧的一株枯木时思绪更缤纷。有时候在朋友家，看到灶口里燃烧的木头，知道那些木头都是朋友上山去拉回的枯树倒木。我便在这熊熊的燃烧之中，在这吐焰喷烟之中，看到了树木生命的另一种蓬勃。能留下一片光，能留下一种暖，这才是最美的告别吧！

我也曾在山林之中，看到腐朽的枯木之上，竟然再度生出细条嫩叶。我不知道，是怎样的一种力量，或者怎样的一种召唤，让枯寂的它再度露出笑颜。我知道，这世上也许没有什么枯木逢春，它也许只是体内的生机并没有完全灭绝，才在某个如旧的时刻，萌动而出。就像许许多多的人，看似麻木枯槁，可心底依然有着一粒希望的种子，会忽然在某一天，绽出一朵温暖。虽然是那么微不足道，却能葱茏整个生命。

身处山林已是归隐，而山间枯木，就是归隐中的归隐。曾含红含紫留雾留烟，也曾伴雨携雪邀风揽月，然后辞于天归于地。生命本就洒脱，羁绊皆来于内心的欲望，当我们劳而不得之后，能转身遇见清风明月是一件幸事，如果不知回头碌碌而终老，那就是真的枯了。

　　那次上山挖来的松明子，我也得了一块，我并没有对它进行加工，只是摆在那里，那是树一生的蕴敛，在尘世中自成芳华。每日里与之相对，它在无言地诉说，我在沉默地聆听。

硬币，硬币

多喜欢那个遥远的夏天，一声声叫卖冰棍儿的吆喝，带着一种透着清凉的诱惑缠绕住我的心，便捏着一枚小小的二分硬币奔出家门，飞快地换来那一丝凉甜。于是盛夏褪去了炎热的外衣，只剩下渴盼中的美好。

只是那时手头的硬币并不多，一分二分五分，宝贝似的留着，藏着，买一根冰棍儿，是要好些天才能决定一次的奢侈事。那一年我可能是四岁或者五岁，后来不知哪一年开始，冰棍儿竟然涨到五分钱一根，我就更少去买了。那时候也不清楚自己留着钱要干吗，就是舍不得花。

再大一点儿的时候，我用一个大的不透明的塑料瓶做了一个存钱罐，把瓶盖封死，瓶身上割出一道缝隙，于是我的那些硬币就从这道缝隙进入了新家。有时候得到一枚硬币，急急地塞进去，喜欢听硬币落进伙伴堆里的那一声轻响，极为悦耳。有一次我在村里闲逛，路上捡到一分钱的硬币，虽然它那么脏，可是却在我的眼里闪着那么迷人的光。

　　我不知曾经的你有没有那样玩过，把一枚硬币放在一张白纸的下面，然后用铅笔不停地在硬币的位置涂抹，然后硬币上的图案和字便清晰地在纸上出现了。那时候我们乐此不疲，一分的，二分的，五分的，正面，反面，涂满了很多纸。多年以后，我也忘不了笔尖在那些凹凸上行走时的细微感触，而那些图案更是印在了生命的最初，永远绽放着朴素的美。

　　后来家搬到另一个村子，第一年是借住在亲戚家的空房子里。墙上有一面不大的镜子，右下角处有几条交会在一起的裂纹，交会处粘贴着一枚五分的硬币。我曾多次想把它抠下来，只是它粘得那么紧，又怕把镜子弄碎，尝试了几次我就放弃了。只是每次照镜子，它都会牵引着我的目光。邻家有个比我小的女孩，在一起玩的时候，她手里总是攥着一枚特别新的五分硬币，太阳下银光闪闪。起初我们以为她是在炫耀，她说那是姑姑给她的，她一直留着舍不得花。于是每次有卖冰棍儿的过来，我们都怂恿她买冰棍儿吃，或者我们自己买了故意在她面前夸张地吃。她都不为所动，虽然能看出她很馋，但那五分钱就像长在了她手上一样。

　　有一次，她不知怎么把那枚硬币弄丢了，哭得惊天动地，然后疯了似的墙角旮旯地找，一天天地找。最后也没有找到，她家里人送了一枚硬币给她，说是找到了，可她看了一眼就摇头，也不要。从此她的笑容就消失了，总是自己默默地走着。后来我们知道，她的姑姑对她特别好，只是去年就因病去世了，她想念姑姑，所以时刻拿着那枚硬币。

　　一年多之后，我家搬到了村西头，有了自己的房子，然后我也上学了。我积攒的那些硬币，就换成了铅笔橡皮本子。心里就很有了一种满足感，觉得比吃冰棍儿更舒服。这个时候我已经换了一个存钱罐，依然是自制的，用一个旧的铁饭盒改成的。没事的时候，我会把它拿在手里，满是沉甸甸的喜悦感，稍一晃动，盒里的硬币就会欢快地唱歌。有时我会把硬币都倒在炕上，仔细地清点，幻想着可以买些什么东西。

有一年过年，家里一时找不到铜钱，于是母亲朝我借了一些硬币，有几个包进了年夜饺子里，年夜饺子出锅后，还要放一些硬币在锅里压锅。这是我们过年的风俗。吃年夜饭时，饺子上桌，我们姐弟几个都盼着能吃到带硬币的饺子，吃到了，就代表着新的一年有福。所以，即使已经吃饱，还要强迫自己多吃几个，吃不到就满心失望，看着吃到的人羡慕嫉妒不已。后来也就想开了，不管谁吃到，都是自家人，谁有福都是全家有福。

当我家搬进城里，那时我刚刚上初中，仿佛只是刹那间，所有眷恋着的生活就走远了，等着我的，都是不被预料的心境和心情。我依然带着那一铁饭盒硬币，偶尔会倒出来看看，却总是满心的怅惘，觉得匆匆之间，很多东西一去不返。有时也会如过去一般，把一枚硬币垫在纸下，却再也涂抹不出曾经的快乐，就像心再也无法回到曾经的清澈。

一年一年，硬币终于渐渐消失在生活之中，特别是那些古老的一分二分五分的，似乎很难再见。我那一铁饭盒硬币，也在一次老家搬家时失落了，至此，所有的回忆都无枝可依。忽然想起儿时邻家的女孩，就懂了她当年丢失那枚硬币的心情。

那一片田地种满了童年

　　故乡的一片片田地，已在我的心底葱茏了四十年，在无数次的旧梦里，那些庄稼依然在拔节生长。还有我的脚步，我的笑声，不变的阳光与风，我还是那个满身尘土的孩子，无忧无虑地奔跑，自由自在地幸福，莫名其妙地忧伤。

踩格子

　　春天播种的时候，我们这些小孩子也有一个活儿，就是去田地里踩格子。踩格子是种子埋进去后，我们在垄台上细细地用力地踩。我们常常踩得兴高采烈，比着谁踩得平踩得快。每踩完一条垄，我们都会一屁股坐在地头，目光贴着黑土地延伸出去，看见远处的树和村庄曲曲弯弯地细微地晃动着，就知道那是阳光下蒸腾的地气。地气通了，一个美好的季节就来了。

　　我问大人们，为什么要踩格子。他们告诉我，那是为了把松散的泥土踩实，使风刮不走，里面的种子也不会移动位置。后来一个村里的老年人说，踩格子更是为了给种子压力，这样，长出来的秧苗才会更壮实。多年以后回想老人的话，才知道这个道理不仅是适用于种子。

我家那片田地终于踩好了格子，身后的田垄变成了一条条细细的小路，通向一个印满笑容的秋天。想象着无数的庄稼从我们的脚印上生长出来，便觉得一切都充满了美好的希望。

东歪西歪

经常会在田地的泥土里翻出一种蛹，褐色，和我们的小指般粗细长短，尾部尖尖，上半身硬，下半身软。每次见到它们，我们都会欢呼，争抢着把它拿在手中，尾尖朝上，嘴里"东南西北"地喊着，而蛹似乎能听懂我们的口令，尾尖不停地朝各个方向摆动着。所以，在当时的乡下，这种蛹就叫"东歪西歪"。

这是个很好玩的小东西，更神奇的是，只要一喊"晌午了"，它的尾尖就会停止摆动，直指蓝天。听人说，这种蛹最后会变成一种蛾子，不过我并不知道哪一种蛾子是它蜕变而成的。等我们玩够了，会把它重新放回土地里。

后来在世事中奔波到中年，有时会很茫然，多想像童年的东歪西歪一样，有人给我指点一个方向。但其实我更知道，也许别人的指引并不一定是自己想要的方向。还是需要努力地蜕变，长出一双翅膀来，才可以天大地大。

乌　米

去田地里寻找乌米，是我们最喜欢做的事之一。乌米是很多庄稼上都会长的，其实它就是庄稼一种变异了的果实。高粱乌米最好吃，不过那时候村里种高粱的并不多，于是有限的那几处高粱地，被我们这些孩子一遍遍地梳理着。

高粱乌米并不好找，它和高粱穗都被一层绿皮包裹着。我们通常是看哪里鼓起一个包，便把高粱秆弯下来用手去捏，如果硬硬的就是乌米了。高粱乌米一开始的时候都可以生着吃，于是迫不及待拆开绿皮，把那些或白或灰的东西塞进嘴里。从田地里钻出来，满身满头的庄稼碎屑，一身的汗，相视而笑，每人都一口小黑牙。

如今早已忘了味道，不过有人说谷子的乌米更好吃，只是我没有尝过。当时村里玉米种得最多，而玉米乌米也很大，我们也很少吃。再过一些日子，乌米就彻底成熟了，咧着嘴露出黑黑的笑，一碰就黑粉飞扬，这时候就没有人去吃它们了。

如今我的头发早已白了很多，如果能回到那片田地，那些放飞着黑粉的乌米能不能染黑我的发？可我知道现在的庄稼再也不会生长出乌米了，就像我再也回不到童年。只有回忆的浪潮把一颗心淹没，一次次去接近那些不可碰触的遥远。

幽　独

在小兴安岭住惯了，出了山去哪里都觉得混乱，就像隔断红尘太久，已与山水之外的熙攘格格不入。所以每次的归途中，看着扑面而来的山影，心都会渐渐地静下来。在山山岭岭间某个细小的皱褶里，车窗内的我再次远远地看到那几所房子。

房后是高耸的青山，门前细细弯弯的小河悄悄地流淌，炊烟醉倒在长长的风里，像一幅静静的画，我的心一次次地停留在那里，总是向往着更幽远僻静。如果我能坐在那个小小的院落里多好，丝毫尘世不相关，看书写字，放牧心灵。白天，在纷纷扬扬的阳光里，轻拥纷纷扬扬的时光；夜晚，在清清淡淡的弯月下，细数清清淡淡的岁月。就那样悠然终老，就像深谷中纷纷开且落的幽花。

我是多么不知足啊，本已山水相伴，却又想去山水更深远处，只与花木鸟兽为伴，只与清风明月为邻。每个黄昏，我都会去山间水畔散步，把心底那些纷乱的芜杂的，放逐于天地之间。有时发出一些散步时的照片，总会有人羡慕我的闲适，羡慕我所在之地的清宁。原来，我在别人的眼中已经够深远了。

遥远的当年，我还在家乡的呼兰小城时，就总喜欢去一些幽静之处，伴一些孤独之物。小城西南有一个古老的钓台，台下是一坡摇钱的榆树，坡下就是呼兰河故道。那里曾留下我无数足迹，还有大风吹不散的依依低语。或者流连于萧红故居的后花园里，捧一本书坐在花荫下，生长着太多的心情。也经常去呼兰河北面较远的一处河湾，足畔缓缓走着的波纹便带走了我太多凝望的目光。

恍惚间那么多年就走远了，我像一条改道他乡的河流，断不了来处。隔着重重叠叠的光阴，回望曾经的那个少年，他还在孤独地走着，寻找着，相伴着。忽然觉得，没有比来处更深远更幽静更让人想去的地方了。因为那是生命中的清白之年，因为回不去，因为再也遇不见那个少年。

这一条不归路是多少人的遗憾，却又不得不去走。正是因为那种难舍的眷恋，正因为无法回头，所以很多人都想去找寻一个清幽的去处，在一种相似的心境中，去接近那个在时光里远去的自己。其实，我们心灵的故乡，永远是最初离开的地方。

月亮从东山那边升起来了，也许只有它没变，从少年到白头，从故乡到异乡，从繁华到冷清。月亮照着山林，也照着我的初白的发，此时心里是那么静，天地是那么大。我在月光下轻轻来去，从一个梦走向另一个梦。

一只鹅的尊严

　　起初母亲养了三只小鹅，长到快有鸡那么大的时候，被家里一只贪婪的猪吃掉一只。于是，母亲又买回来一只小鹅，两大一小，继续相伴成长。开始还大小明显，随着快要长成大鹅，它们就渐渐地相差无几了。

　　这是三只母鹅，后加入的那一只，背上是黑色的，我们叫雁鹅，可能是大雁的后代。所以这只鹅就很灵活，不安分。另外两只鹅也许在一起的时间长，所以它俩形影不离。它俩不怎么理会雁鹅，雁鹅却一直跟着它俩，不远不近地跟着，不凑到身边去。那两个也经常会欺负它，它就奋起反抗，鹅不像鸡，互相打架的并不多，可它们三个打起来，也是很激烈。

　　雁鹅开始是被动打架，似乎是上了瘾，不过它并不挑衅那两个前辈，却挑鸡鸭下手，偶尔也对猪狗挑战一番。它战斗的时候，长长的脖子伸得很直，压得很低，几乎快贴着地面，就这样冲过去，我常想，这样一张扁长的嘴，还没有锋利的牙齿，怎么能打击到对手呢？

那个夏天午后，我坐在北窗那儿看语文课本，院子里别的禽畜都在阴凉的地方眯着，只有雁鹅很精神，溜溜达达，然后就溜达到了北窗下。我便想逗逗它，拿着一个平时玩的小水枪，瞄准它的头，一通射击。它被突如其来的攻击给打蒙了，愣怔了一下，然后转过头来，盯着我看，还作势要向我冲过来，可是在我密集的射击之下，它最后还是撤退了。它好像很愤怒，只好去找那些在墙脚蹲着睡觉的鸡出气，一时院子里被它搅得鸡飞狗跳。

傍晚的时候，我出去找小伙伴玩，刚走到院门口，就听到身后有一阵响动，回头，雁鹅正大步跑过来，脖子压得很低，做出攻击的姿势。一时觉得好笑，这家伙还很记仇，可能是觉得我冒犯了它的尊严，可它欺负那些鸡鸭时怎么不想想自己呢？我没有躲闪或逃避，觉得它那嘴也没有什么威胁，更想看看它到底会怎么样。结果它冲到近前，一口就咬在我腿上，咬紧了还晃着脑袋一拧，顿时，钻心的疼痛袭来。大怒，飞起一脚，它灵活地一闪，叫着跑远了，它的叫声怎么听怎么像在笑。我一看小腿，被它连咬带拧地出现了一小块儿青紫。

估摸着它咬我一口也出了气，想着以后离它远点，互不侵犯。谁知这家伙不依不饶，见我必咬，每次我都是飞快地跑走。直到过了一个多月，它的怒火才渐渐熄灭。雁鹅还很愿意管闲事，如果来了外人，它比狗还积极，叫声极为高亢，乐此不疲。有一次，父亲嫌它太吵，就追着它打它。结果，它一气之下，就再也不管闲事了，来多少人，它都视而不见。

有一次母亲给鹅喂食，雁鹅不知去哪里闲逛了，没有赶上。

它回来后，发现没有吃的，大声抗议，可是没人理它，它就回到窝里趴着。第二天早晨，喂食的时候，它不出来，母亲也没注意。中午，它依然不吃，母亲把它赶出来，它看了那些食物一眼，很不屑地走开了。晚上还是如此，母亲有些急了，不知它是生病了还是怎么。直到第三天中午，母亲把它赶出来，给它单独弄了一盆吃的，并往食盆那里赶它，它才勉为其难地给了面子，开始慢慢地吃。

雁鹅再一次不吃食的时候，已经是快冬天了。这次不是因为恼气，是因为真病了。母亲给它喂药，它死活不张嘴。后来把药拌在食物里，它只吃了一口，就走开了。以后就是不拌药的食物，它也吃得很少了。而且他失去了往日的活泼好动，每天大多时间是在那儿静静地卧着。后来看它实在是要坚持不下去了，就准备给它强行灌药。我把着它的头，它剧烈地挣扎，我松开手，它很轻蔑地看了一眼我们，然后头就垂了下去，带着长长的脖子，垂到地上。它就这样死了，无声无息。

三十多年过去了，不知为什么，每当我在世事中随波逐流的时候，总是会想起那只雁鹅。

烦恼丝

　　很小的时候，我特别羡慕女孩子，再大些后，又开始羡慕古代人。因为女孩子和古人有个共同点，就是可以不剪头发。我那时特别不喜欢理发，就是当时人们所说的"护头"。总觉得剪头发是一件很难受很恐怖的事，所以都是等到头发长得实在不像话时，被看不下眼的父母强行"押上刑场"。

　　一开始的时候，我是极不配合，一听说要剪头，哭闹挣扎反抗，但每次都是被镇压下来。通常是母亲摁着我，父亲拿着手动推子在我的头顶咔嚓咔嚓地收割。这个过程中，我依然会不时地扭动，以示自己的不屈服，换来的却是几巴掌。所以那时候，如果听见我家屋里传出杀猪一般的声音，夹杂着大人的骂声，别人都知道那是又给我剪头发了。

　　后来我就渐渐地不那么剧烈地去抗争了，因为无数次的剪头经历终于让倔犟的我明白，反抗根本没用，而且会遭受打骂，最主要的，头发也会因我的挣扎而被剪得参差不齐。虽然不再反抗，可是我依然会把自己的情绪表现出来，沉脸皱眉，狠狠瞪着落地的每一簇头发，直感觉如上刑一般难熬。终于剪完，满脖子满脸的细碎头发茬儿，扎得我极不舒服。

从乡下到城里，从小学到高中，我的头发都是由父亲控制着。恒久不变的寸头，配上我没有勺子的脑袋，要多难看有多难看。于是我顶着父母的压力让头发长过了耳朵之后，第一次走进了发廊，剪了一个当时颇为流行的分头，额前垂下的头发遮住半只眼睛，偶尔一甩头，长长的头发便随之向后飞扬一下，只觉得潇洒无比。还有一个好处就是，这样的发型，可以随意留得多长，不必经常去剪。那时我经常是两个月甚至更久才去理一次发，当然，彼时头发已经长得惨不忍睹了，很有野人的风范。

有时候父亲会看着我的头发发呆，我就很警觉，知道他的手可能又痒了，便飞快地逃离到他的视线之外。父亲终于无奈地放弃了对我头发的管理权，这让我如释重负。但说实话，去发廊理发的时候，我依然不喜欢那种头发被纷纷剪落的感觉，这里也许有着童年的阴影，可更多的应该是对于身体一部分的爱护，总觉得无论去哪里理发，都是被迫的。像古人一样，让头发自由自在地生长不好吗？

我的发型几乎一直保持到现在，虽然后来不再流行分头，可我还是保留着。看着满街大大小小的男人，不管脑袋形状怎样，都是那些极短的各种寸头，或者某处露出头皮，或者留着的头发剪成特殊图案，有的干脆是锃亮的光头，面对各种很"社会"的"炮子头"，就会疑惑，这是又流行回去了，我小时候不正是类似的发型吗？

四十岁后的某一天，忽然于镜中发现，本来星星点点的白头发竟然已星火燎原了，而且发际线大幅度上移，估计我就是半年不剪头，也不可能让那一簇头发遮住眼睛了。我的白发生得早，对于这个，很多亲朋都有着不同的解释，或说是遗传，或说是用脑过度，或说是与肾有关。众说纷纭之中，我也尝试过各种方法，以期让发上的霜雪融尽。比如吃黑芝麻，吃各种黑色食品，等等，却依然无法阻挡白发奔跑的脚步。于是到了如今只有一招儿，那就是染发。

我最初对染发是比较抵触的，只是后来实在看不下去了，头上像笼了一层霜，而且与陌生人相见，都以为我很年长，甚至比我大十来岁的也会叫我大哥。这让我实在是受不了，而且，有时候还要去外地进校园讲座什么的，本来很多中学生都以为我是一个老头了，甚至觉得我应该是不在人世了，可我才四十多岁，在形象上不能辜负了这个年龄啊，所以我宁可辜负中学生们的猜想。于是开始染头发，虽然染的时候很难受，可是染过后，果然是能凭空增添一些虚幻的自信。

头发白了可以染，但是对于发量的减少却是无能为力了，发际线上移，便使得原本就长的脸又更长了几分，估计马见了我会觉得亲切。久之也就坦然了，人渐渐老去是自然规律，靠人力是阻挡不了的，为头发烦恼殊不值得。进而也开始怀疑，那些斩断了三千烦恼丝的人，就真的没有烦恼了吗？烦恼在心而不在头发，拿头发开刀，头发何其无辜！

也许有一天头发会掉光吧，可那又如何呢？许多事一生都在不停地遗失，有一天眼一闭万事成空，哪还管什么身体发肤呢？只是，现在，我多想让父亲再给我剪一次头发啊，哪怕是小时候那种发型，可父亲已经离开我六年了。

草帽挂在墙上

　　午后，小睡的姥爷醒了，他没有马上起来，而是装了一烟斗的烟叶，摁紧，点燃，有滋有味地抽了一会儿后，满足地在炕沿下把烟灰磕尽，这才起身。他从小屋里出来，穿过外屋，伸手从墙上摘下草帽，扣在头上，开门走进七月的阳光。

　　于是墙上留下了一块圆圆的痕迹，那顶草帽长年挂在那里，它的邻居是一个圆盖帘还有一把镰刀。它们陪伴着一堵土墙的寂寞，它们不在的时候，墙就更寂寞了。而此时，墙就是空荡荡地寂寞着。镰刀随着母亲去割猪草，圆盖帘正驮着一些土豆片在院子里和阳光相拥，草帽跟着姥爷在村里村外游走。

　　没有草帽的夏天会少了一种韵味，没有草帽的村庄就缺了一分情致。我和伙伴们在村里游荡的时候，总会遇见一些白头发或者白胡子的老人，他们都戴着草帽，手里拿着烟袋或烟斗，腰里拴着的装烟叶的小布口袋摇晃着，他们似乎看不够这村庄这大地。有时候姥爷会和他们聚在一起，或在老树下，或在田间地头，一些古老的话题就随着吞云吐雾翻涌而出。他们摘下草帽在手里挥着，扑打着纷纷扬扬的阳光。

偶尔在姥爷午睡的时候，我会站在凳子上摘下草帽，戴在头上去外面走走。感觉草帽那么大，挡住了眼睛，像一把小伞阻隔着阳光的雨。只是太不舒服了，也不能跑，也不能跳，所以很快对它失去了兴致。而且这顶草帽实在是太旧了，我还记得几年前它崭新的样子，和阳光一个颜色，散发着秋草的气息，只看着就让人神清气爽。而如今，它已被汗水和岁月渐渐染成了泥土的颜色，有着沉甸甸的重量。

农忙的时候，草帽吸收的汗水就更多了。傍晚姥爷回来的时候，会顺手把它挂在老杨树最低的那根枝上，让长长的风来凉爽一下被晒了一天的它。我想草帽此刻应该是惬意的，它轻轻地摇着，等天黑下来后，陪着它的，除了挂在树上的风，就是落在枝叶间的星星。只是姥爷会把它拿回来，因为那堵寂寞的墙还在等着它。

有一个上午，姥爷习惯性地从墙上摘草帽时，却一下子闪了腰。为此他好几天没能出门，草帽也在墙上挂了好几天，不能跟随姥爷去熟悉的村庄大地看看，它也会是寂寞的吧？可是姥爷那几天却是真正地寂寞了，不停地吸着烟斗。此时我才发现，姥爷是真正地老了，就像墙上那顶草帽一样，脸也变成了泥土的颜色。大地上一个人的老去，这本就是一个寂寞的过程吧。

当姥爷的腰好了之后，又戴着草帽出去了，那一天他很高兴，不停地和问候他的老伙伴们说着话。回来后，在饭桌上讲着几天没出去，庄稼的各种变化。大地上的事情，姥爷是烂熟于心的，只是虽然年复一年地重复着相似的过程，可是每一次重逢，他都会有着一种全新的欣喜。说着这些的时候，草帽在窗外的枝上摇晃着，倾洒出一些晚霞，如姥爷杯中的酒。

漫长的冬天来了，草帽便和墙壁长久地沉默相依，睡着长长的一觉。我想它应该和我一样，在一种盼望中，做着一个关于夏天的梦。

月亮地

　　一缕极细的风从敞开的窗子溜进来，蜡烛开出的花儿微微地摇曳着，母亲做着针线，我捧着一本故事书看得很入迷。这时候门一开，姥爷和月光一前一后地走进来，他对我说："外面大月亮地儿，出去玩吧！别总在家里坐着！"

　　走出门，月光呼啦啦地扑落在我身上，把我的影子从身体里打了出去，清晰地跌在地上。抬头一看，好大的月亮，一丝云都没有，一些亮的星星稀疏地散落着。南菜园里的果蔬静静地散发着清芬，高高的老杨树默默地站在墙脚，每一片叶子都载满了月光。混成一片的蛙鸣从村南的大草甸上流淌过来，淹没了整个村庄。

　　这样的夏夜总能让我心生欢喜，沿着房后的土路向村西走，路面上的一沙一石都亮着，路旁的一草一木都醒着。不知谁家的狗叫了几声，拖着慵懒的尾音。有几个老人坐在谁家的门口的老树下聊天，长长的烟袋上明灭着点点的火光。一辆马车从西边过来了，两匹马突突地打着响鼻，有个老人高声问："这么晚才回来，又去拉土了?"赶车的人甩了一下长鞭,夜空中绽开一朵清脆的响声:"二大爷,这月亮地多好,正好多拉几趟!"

有几个孩子在不远处的空地上追逐着,杂沓的脚步和交错的影子扰乱了月光,喊声笑声在空中翻翻滚滚。我看了他们一眼,我并不想加入他们,今夜我只想一个人走走。

一直向西走到村口,是一截儿断了的大坝,大地在大坝外就跌落了下去,跌落的大地平展展地向远处弥漫,月亮是那么亮,我可以看到远处的庄稼正在静静地拔节。小水库清清亮亮,平静得像童年的眼睛,连接着小水库的,是一条细细的河流,悄悄地唱着歌。侧后方是一片很年轻的小树林,似乎有一只不肯睡的鸟叫了一声,就被蛙鸣给吞没了。我们的夏夜并不是静寂的,那些隐藏的青蛙彻夜不眠。

回头,我的村庄在月光的怀里正走向一个美梦,忽然想起村庄里的每一个人,他们在做什么呢?月光下闲聊,或者干着什么活,或者早早地睡下了。在这大好的月亮地里,万物万事都是美好着的,身后的村庄,眼前的大地,虽然都那么朴素,虽然并不那么富有,却永远是我现世安稳的家园。

大坝下的土路上走来两个人,拖着淡淡的影子,待近了,认出是前院的父女俩,早晨的时候听他们说去镇上亲戚家串门,没想到这么晚还回来。他们走上这个坡,我问:"二舅,十八里地,这么晚还回来?"他笑:"这大月亮地的,还凉快,正好溜达回来!"七岁的小姑娘眨着大眼睛冲我笑,月亮就落进了她的眸子中。

忽然想起去年冬天的时候,父亲带着我从镇上的亲戚家回来,雪后初晴,月亮也是这么圆这么大。大地上是一层厚厚的雪,只

228

有一条被踩踏出来的小路细细弯弯。即使没有月亮的夜里，大地上也是亮的，而圆月高悬之时，雪野就活了起来。那个晚上，我和父亲的肩上栖着月光，伴随着一路的咯吱声。多年以后，我不想念那些被踩疼的雪，却忘不了头顶的月亮。

身后村庄的灯火已经熄灭了好多，我慢慢地往回走，路上遇见前来迎我的花狗，它的尾巴飞快地摆动着，摇乱了月光。在月亮地里，它也是兴奋的。那群玩耍的孩子已经散了，那几个唠嗑儿的老人也都回家了，土路上只有月光和蛙鸣一遍遍地徜徉。

回到家，母亲依然在烛光下缝补着，姥爷的鼾声已经在小屋里响起。我躺下了，月亮就挂在檐下，那一片清光会共我入眠，在梦里，我也会流连着行走在亮堂堂的月亮地里，满心欢喜，乡愁遥远。

六月絮飞

　　我们的六月也会在白天敞开着窗子，不是为了凉快，而是为了温暖。屋里依然会有些阴冷，让暖暖的南风在室内游走几圈，封闭的空间才真正地融入季节中去。

　　这个时候躺在床上，阳光落满了一身，风也轻轻缓缓，便会有些昏昏然。远处街上传来车声，或者偶尔的叫卖声，很清晰，又似乎很远，清晰得似近在耳畔，远得像隔了一个梦。就在一只脚刚迈进梦的门槛时，忽觉有什么轻触脸颊，悄然驱散了睡意。张开眼用手轻拿，是一片盈盈的柳絮，望向窗外，漫天晴雪正和阳光一起飞舞。

　　于是走出房门，把脚步放逐于山水之间，时光总是不知不觉中暗换，满堤故柳开了青眼仿佛还是昨天的事，似乎只是一夜之间，就已经絮飞如雪。而且草丛中，树根下，墙脚边，柳絮团团簇簇地拥挤着，柔软的白便柔软了目光。走上另一段河堤，一旁都是高大的绿杨，它们也垂挂着串串的絮，正等着风来远送。

古代所说的杨花一般是指柳絮，古诗词中的杨柳其实只是指柳树，柳树在古代叫杨柳，那么杨树呢？古诗词中虽然也有绿杨白杨，却多是在墓地的情景中出现，所以杨树经常是作为一种凄凉愁苦的意象。杨花和柳絮是非常相似的，就像此刻，我在满天飘荡的轻絮里，分不清哪一朵是杨花，哪一朵是柳花。就像很多时候，我分不清两种相似心情的来处。

一路从古诗词中走来，觉得人们真是寄予了柳太多的情怀。本来是"留"，却一直留人不住，折柳相送，那么多人都如柳絮一般飘飞了，又漂泊不定。想留，留下的却只是思念与守望，一年年放飞，才是常态。而对于柳树本身而言，不择南北，无论东西，陌上桥头，山间水畔，有人之境无人之处，都有着它们依依的身影。它们就在那里，当目光和心情缠绕过去，才会生发出种种的情绪。

其实，如果非要给飞絮赋予一种情感的话，我更喜欢《红楼梦》中宝钗咏柳絮的《临江仙》，其中下片是："万缕千丝终不改，任他随聚随分。韶华休笑本无根。好风凭借力，送我上青云。"飘零之伤辗转之恨全无，只有自由之心自在之意，不遇时洒脱悠然，有机遇就趁势而起，不怨东风，不叹身世，一切都自然而然。

就这样走着想着，每一步都与柳絮擦肩，脚步与心也都轻盈起来。六月是一段唯美的光阴，生机无限，正在走向成熟的途中，许多故事也都在萌芽生长。就记起一个遥远的情节，那时还在一个农村中学上学，有一个六月的中午，我带着一本借来的书，来到校园后面的河畔静静地看。柳絮在身畔纷纷扬扬，有一些便栖在了书页间，那一本书里，便夹满美好的季节书签。就像生命中的每一个六月，都静美着开启一种新的希望。

　　沿着河畔越走越远，走到最后，天地间只剩下了我与飞絮，阳光与河流。

南　枝

一

对于一棵树来说，春天从哪里开始，这是一个很容易的问题，即使没有观察过，也能想象得出。"向阳花木易逢春"，那么，春天的脚步也是先踏上一棵树向阳的枝。

楼角处有一棵李子树，并不高大，可斜逸旁出的枝丫却蓬蓬勃勃，活泼泼地占领了一方空间。五月初的一个黄昏，我从外面散步回来，路过李子树的时候，发现它已然悄悄地绽了几朵小小的白花。远看像几只蝶，栖在南边的一根看似很干枯的枝上。那几朵灵动就生动了一棵树的萧条，也点亮了渐暗的黄昏。

我在枝下驻足良久，直到夜色淹没了目光。心里却呼啦啦地敞亮了起来，直到这一刻，才感觉到春天的到来，在身畔，也在心底。七个月的冬天，五个月的雪期，沉寂枯瘦了那么久，没想到，这棵树用一根枝用几朵花就开启了它的繁盛之旅。其实每年都是如此，只是我一直忽略着，总是看到它时，它已经枝繁叶茂了。

那个夜里，虽然还有些寒凉，我却真实地感受到了一种温暖，还有希望萌动着也想走向繁盛。如果我的生命也是一棵树的话，在长夜中，在长冬里，该用哪一部分哪一种心情去迎接春的曙光？也曾走过深深的绝望，也曾在长路上徘徊着找不到方向，可是心底却总有一个地方没有起茧，等着一种美好的召唤。

心底柔软的那部分，便是生命永远等待温暖的南枝。

二

自小就从"墙角数枝梅"的诗意中走来，总是想象着"前村深雪里，昨夜一枝开"的情景，走了半生，依然没有看过"万树寒无色，南枝独有花"的惊艳，依然没有体会过"梅花一夜遍南枝"的惊喜。是的，此生至此，我依然未识南枝。

雪中的梅已在我的心底开了四十年，我一直准备着，希望在某一天，和它不期而遇。我不会去想什么精神，什么象征，什么寓意，什么情怀，什么鼓舞，我只想与它静静相对，只是静静相对，在漫天飞雪里，似乎别久重逢。

大雪落在发上，落在花上，分不清是花是雪，也分不清是白发是芬芬。

三

随着脚步越来越远，每次读到"胡马依北风，越鸟巢南枝"这样的诗句，心就会沉重得像压上了整个故乡和所有未曾离开的岁月。也许每个人在辗辗转转之中，都会把故乡装进梦里。大地上的风，吹干了多少思乡的泪，又熄灭了多少回望的目光，只依稀着渐渐麻木的凌乱晚照和淡薄烟雨。

在水阻山隔之外，有时我真的是很怕登高，无论是山巅还是楼顶。因为在高处，目光摆脱了桎梏，心也无尽地放飞，却总是那个心心念念的来处。无法归去的故乡，无法归去的岁月，化作永不消散的苍凉，填满着日子的空隙。可我依然总是在无眠的午夜，站在阳台上，对着被黑暗阻隔的方向，故乡在南边沉眠着，我一次次想进入它的梦里。

只有在朝向故乡的南枝上，才能绽放最深情的梦。

四

就像星星找不到夜空，就像种子找不到土壤，就像梦找不到睡眠，我们有时候也是这样的不遇，空有动人的舞姿，却找不到舞台。

愿我们都能找到适合自己的南枝，在阳光下，在东风里，绽放只属于我们的精彩。

沾着泥土的话语

村庄上空的炊烟已被东边升起的太阳驱散，家家户户响起开门的声音。父母扛着锄头，我跟在后面，还没出村，就遇见了好几拨人。

"也去铲地?"

"是啊! 你家的地今年怎么样?"

"还凑合，草比往年长得快，得多铲两次。"

或者:"回来了? 出去那么早?"

"今天得很热，早点儿铲完，省得晒得慌!"

"还没吃吧?"

"回去就吃!"

在此起彼伏的鸡犬声中，似乎是永远不变的那些对话，一层层地积在土路上，带着阳光的温度。一年一年，一辈一辈，朴素而温暖的乡里之情便沉淀成听似寻常的话语。就像无边的黑土地，单调成世世代代的眷恋与依存。

长长的夏日，躲在屋里的清凉之中，院子里的禽畜也各寻阴凉之所，都是昏昏欲睡。村庄在寂静里沉默着，只有偶尔路过的风，把一树的叶子撞得哗啦啦地响。这时，就有吆喝声远远地传来，那声音被阳光烫过后，带着一丝慵懒。渐渐地近了，或者是"冰棍儿喽"，或者是"换鸡蛋啦"，或者是"收鸡毛鹅毛"，然后便听到有人家的门开了，接着就是一些讨价还价的声音。

　　快要吃饭的时候，村庄里又热闹起来，我们这些小孩子不怕热，在外面疯玩，总是忘了回家。于是满耳朵长一声短一声的呼唤，都是从一些人家的院子里传出来的。

　　"小二，吃饭啦！"

　　"三儿，快回家！"

　　"铁蛋儿——"

　　"二眨子——"

　　"丫崽子——"

　　各种各样土得不能再土的小名满村回荡，我们各自分辨，一哄而散。多年以后，当年的许多孩子都已辗转八方，也已人到中年，在他们的心里，也应该和我一样，多想再听到家人呼唤自己的小名，多想再回到曾经的夏天。

　　晚饭过后，太阳已经落到西边的林子后面，村中间的老井旁边便热闹起来。人们叼着烟袋，手里拿着破蒲扇或者一片阔大的向日葵叶子，渐渐地聚集过来。老井的周围一般分成好几伙儿，老年人一伙儿，中年人一伙儿，再就是女的一伙儿，有时候小孩子们也凑成一伙儿在那儿争吵。老人们说的都是陈年旧事，黑土地上一辈辈流传下来的闲话，或者是自己的一些经历，比如："那年，我去下甸子买毛驴，喝了一斤酒，牵着毛驴回来天都黑透了……"中年人的话题就更多了，争着讲自己在外面的事，或是去了哪儿，或是遇见了什么事。而妇女们讲的则是家长里短猪肥狗瘦。年轻人一般不在这儿凑热闹，他们提着录音机不知跑到哪儿玩去了。

星星月亮越来越亮的时候，人们才打着呵欠，扑打着蚊子，各回各家。第二天早晨，又是重复前一天的内容，只是有些阴天，路上遇见人，对话便有了稍许改变。

"上地里？你家的地快铲完了吧？"

"差不多了。今天说是有雨，得抓紧干！"

"是有雨，出门前盖酱缸了吗？"

"盖了！"

白天的时候，任何一个人走在村里，遇见人，都会问："吃了吗？干啥去？"

回答也是各种各样，都离不开身边的生活。

"我家那个猪又跑了，我去找找！"

"我家小二让老李家的狗咬了，我去老李家剪点儿狗毛！"

"上他老姨家借几个鞋样子！"

"小三儿有点儿发烧，去周大夫那儿要点儿药！"

秋天到了，更是热闹了许多，表舅赶着马车给我家拉玉米棒子，我们坐在车上玉米棒子堆里，马车颠簸着，把我们的笑都颠得洒了一路。遇见别的拉粮食的马车，车把式甩着响亮的鞭哨互相致意，家人便和别人短暂地交流。

"你家的苞米今年收得不错！"

"还凑合！你今年种黄豆是赶上好时候了！"

　　马蹄声里一路欢笑，守着土地的人，在丰收的时候，才有着挡不住的幸福。

　　每一年都是这样度过，似乎永远都不会变，却是不知在哪一年，一切都已变得不再熟悉。就连那些话语，也不再有。这两年也曾回故乡的村庄，只是再没有了曾经的热闹，在告别了牛马之后，在告别了镰刀锄头之后，在告别了老井之后，人们在机械化中清闲起来，然后走向了城里。村庄里，人那么少，那么少，虽然还有鸡犬之声，却透着几分荒凉。

　　俱往矣，不闻爷娘唤女声，身前身后都是寂寞的陷阱。而惊醒的往事，却如鸟般乱飞，撞得心里依依地疼。

　　在黄昏的村头，看见一个很老很老的老人，倚杖而立，身旁趴着一只同样很老很老的狗，他的目光抚过将暮的大地，除了很远很远的夕阳，没人知道，他在眷恋着什么，回忆着什么。

帘幕垂，幽梦远

在望不到边际的大草甸上，小小的我紧跟在父亲的身后，还不忘东张西望寻找着野鸭子。父亲的肩上扛着捕鱼的扒网，二姐在更前面提着一个小桶轻快地走着。当我弯腰去捡那个鹌鹑蛋再抬起头时，父亲和二姐的身影都不见了。四望茫茫，雾气翻涌，于是大声呼喊。

在惊慌无助中醒来，眼前是狭小的空间，床帘密密地拥着我所在的下铺，大学寝室里一片寂静。父亲写来的信还躺在枕畔，每一个字似乎都在昏暗中闪亮着温暖着。拿起信来，每一句都于暗淡中清晰可见，可我竟然读不出什么意思，每一个字都认得，组合在一起就像成了天书一般。我急得去拉开床帘，想让灯光进来帮忙，可是手却忽然不能动，黑暗重重地挤压过来，喘不过气，想喊却发不出声音。

用尽所有的力气猛地挣扎，身体一震，倏然张开眼睛，上午的阳光正纷纷扑落在窗帘上，窗外树上一群麻雀的吵闹声一拥而入。我愣怔良久，这才是真实的人间，才明白自己已然是历了半世风尘鬓若繁星，不再是那个小小的孩童，也不再是那个忧郁的少年。我不知道别人有没有经历过这种梦中之梦，就像我般，一梦四十多年前，未及归来，又一梦二十多年前，然后才真正醒来。

想来父亲离开得太久太远了，久到已经模糊了许多细节，远到我追过一重重的梦境，却依然碰触不到他的身影。也许每个人都曾有过那样的梦境，追赶着逝去的亲人或者远去的思念的人。

光阴深处的过往，就像那些无远不至的梦，虽然隔着岁月的帘幕，却依然让我们不停地去回望，去追索。云影一样飘过的人，涟漪般荡漾过的情感，也常常会化作夜里一个虚幻的梦，醒来时不知今夕何夕，于是错乱之中发现，这一生似乎也是一场长长的梦。

依然还是小小少年的时候，一个阳光慵懒的夏日午后，我穿过村庄短暂的宁静，去另一家找小伙伴。和一丝风一起走进敞开的房门，屋里的人都已经过了二道岭了。这是我小时候乡人对于睡觉的另一种说法，比如问谁在做什么，答说早过了二道岭了，意思就是睡了很久了。也许人们做梦都会梦到很远的地方，才会有了这样形象的一种说法吧。

屋里的人都在睡着，轻微的鼾声里释放着在田地劳动了一上午的疲惫。伙伴并不在家，我看到他的大姐靠在一把老椅子上睡着了，一本厚厚的《红楼梦》半盖在脸上。

虽然当时并没有什么感触，可是多年以后却总是想到那个场景，便觉得很美好。回望曾经的那个大姐，她看着《红楼梦》睡着了，如果有梦，那也一定是一个极遥远而美好的梦吧？后来我也曾有过多次那样的时刻，看书倦了困了，便以书为帘遮盖在脸上，于层层帘幕的清芬里，一梦无涯。

　　那么多的梦在追溯着眷恋，那么多的梦也都在走远，当我把这许多流连于笔尖，就也算不负这凡尘一梦了。

.

五月春暖

　　日历上的五月，节气已经跨过了两步，立夏与小满，可在小兴安岭的皱褶里，春天的足痕才刚刚生动起来。历时七个月的漫长供暖期正式结束，所以室外越暖，室内越阴冷，室外的春与室内的秋，就碰撞出一个寂寞而充实的我来。

　　寂寞缘于日复一日地与自己相处，总是忘了季节的变换，虽然心在满壁的书籍里充实着，可有时看到透窗而入的阳光，会忽然惊讶，从哪一天开始，阳光竟然这样温暖了呢？阳台上的几盆花草正葱茏着，楼上不知是谁在弹着手风琴，一曲《春暖花开》，把我的心撩拨得痒痒的，似乎有什么美好的东西正要破土而出。于是扔了书，走出门，《春暖花开》的旋律追着我走出很远。

　　门前的水上公园里，很多老年人坐在背风向阳的地方，或树下，或长椅上，白发和笑容里栖满了阳光，他们的目光掠过初青的草地，越过新绿的树木，直到缠绕上南山上横着的浮岚，于是眼中满是翻涌着的喜意。走到岸边，那一湖清清的水就淌进了我的眼睛，我记得几天前，湖冰还未全解，而此刻，水中只有天光云影。短短几日真是换了人间啊，不远处的几株达子香开得一树灿烂，榆叶梅也一朵一朵地盛满了风和阳光，连翘都低垂着头浅笑，初开的丁香正从羞涩走向张扬。

记得前年夏天，就是在这里，我笑问一群孩子，无船无桥不会游泳怎么过河，他们想了那么多办法都不对，有一个孩子最后说，等到冬天河面结冰就可以走过去了。其实这个问题我也是没有答案的，那一刻忽然很感动，明白有些看似绝路的境遇，其实只需等待，时间自然会把它变成坦途。就像我回望刚刚走出来的那个巨大的冬天，七个月的风雪寒冷，也在这个午后忽然就等来了春暖花开。

几天后趁着天气晴好，驱车回乡扫墓，小兴安岭的山林正鲜嫩得如一滴清晨的露。越是往南，山色就越成熟，车子似乎快过时间的脚步，正迅疾地追赶着迟来的季节。一个多小时后，驶出了山口，前面铺展开阔无边际的大平原。目光和心情便一下子毫无阻拦地飞了出去，水稻已经插秧，田地边一排排的绿杨在风里招招摇摇，远天边那一大团的云低得像是要垂落到地上，地平线处升腾着曲曲折折的地气。几只喜鹊低低地飞翔，翅间流淌着阳光。

五月的大平原，一直是我梦里故乡的背景。哪怕沧桑过后的物是人非，依然能唤醒岁月深处的恋与暖。祖坟附近的田地才刚刚开始翻土打垄，黑油油的泥土正等着拥抱一粒粒种子的梦想。不远处的村庄有几缕炊烟升起，偶然的鸡犬之声像是从梦里传来。那一刻，在大地上，在长风里，在阳光下，我温暖得像一个孩子。

忽然感觉生命也一片开阔，冬天和各种阻拦都已远在身后，眼前只有这五月，这平原，这温暖，还有无边无际的希望正和季节一起走向繁盛。

我舞影零乱

　　黄昏的时候，一株小草的影子在斜斜的余晖中，竟然修长得像极了一棵树。我知道，那只是小草顽强的精神在诗意地体现。或许小草无言，可我们却在它如树的身影中，看到了一种深藏的希望和梦想。

　　更多的时候，希望和梦想并不是为了要达成什么目标而存在，而是让心底有着一种力量。有了这种力量，才能于平凡的生活中，依然让生命蓬勃成一种积极。人的梦想本就是大多不能实现的，但是一定要有，就像小草明知道不会长成一棵树，可它的心里一定会有一棵树。

　　记忆中墙头上的那一丛野花也是如此，它极为平凡，色形香无一可取之处，就那么绽放在那里，除了风与阳光，没有一束目光为它停留。当我在一个月亮西斜的夜里归来，在东面的墙上遇见了一簇花影，有着浓淡深浅，有着婆娑的舞姿，竟是愣怔了良久。那样不起眼的一丛野花，在寂寂的夜里，被月光与风冲洗出如此生动的身影。这样的美可遇而不可求吧，或许野花不为了让人遇与求，它就在那里开着，无喜无悲。

就如我们这些平凡的人，淹没于众生之中，可是依然会在某些时刻，剥去外在的种种形色，看到灵魂的独舞。那才是生命的本真，与生活无关，与梦想无关，简单而美好。接受自己的卑微，这本身就是一种美好。

童话中说，一只猫看到朝阳下自己的影子高大如虎，便觉得自己真的如虎般强壮勇猛。于是它信心百倍，觉得自己可以凭着这种威猛得到许多想要的。它在山林里不再逃避，主动与那些猛兽争斗，结果几次差点丧命，仓皇跑出山林，惊魂未定的它依然迷惑，自己既然这么高大威猛，为什么依然失败了呢？

有时候，我们心底的盲目自信会膨胀成不真实的影子，仿佛可以遮天蔽日，从而经历了失败、彷徨和落寞的过程。能于失败中认清自己的能力与实力，也未尝不是好事。更可怕的是，我们心底的某些欲望，也会膨胀成巨大的影子，淹没于欲望的影子里，还以为是梦想在鼓舞。在模糊了梦想与欲望的界限之后，常常会无怨无悔地走上一条歧路。

小草如树般的影子，小猫如虎般的影子，它们的区别，也是梦想与欲望的区别。一个的目的是可以慰藉心灵，一个的目的是想快速改善生活状态。一个与精神有关，一个与物质有关。

有的人会为了没有远大的理想而自卑，会觉得甘于平凡是自甘堕落，其实，只要于心有益的，就是梦想。高天上翱翔的鹰，从不会为大地上渺小的影子而自卑。我们都是沧海一粟，而且飞得越高，在别人眼中的身影就越小。

影子更是一个人内在的外显，看清了自己的影子，也就真正认识了自己。最重要的，有影子在，就说明有光在。无论是什么光，都是只属于你自己的生命舞美。